民国国学文库
MIN GUO GUO XUE WEN KU

欧阳修文

OU YANG XIU WEN

黄公渚　选注

申　利　校订

长江出版传媒 ｜ 崇文书局

图书在版编目(CIP)数据

欧阳修文 / 黄公渚选注；申利校订. —武汉:崇文书局,
2014.8(2023.1重印)
(民国国学文库)
ISBN 978-7-5403-3452-9

Ⅰ.①欧…　Ⅱ.①黄…　②申…　Ⅲ.①古典散文－散文集－中国－
北宋　Ⅳ.①I264.41

中国版本图书馆 CIP 数据核字(2014)第 135349 号

民国国学文库　欧阳修文
MINGUO GUOXUE WENKU　OUYANG XIU WEN
出版发行:崇文书局
地　　址:武汉市雄楚大街 268 号 C 座 11 层
印　　刷:湖北画中画印刷有限公司
开　　本:880mm×1230mm　1/32
印　　张:5.375
版　　次:2014 年 8 月第 1 版
印　　次:2023 年 1 月第 2 次印刷
定　　价:29.80 元

总　序

冯天瑜

作为汉字古典词，"国学"本谓周朝设于王城及诸侯国都的贵族学校，以与地方性、基层性的"乡校""私学"相对应。隋唐以降实行科举制，朝廷设"国子监"，又称"国子学"，简称"国学"，有朝廷主持的国家学术之意。

时至近代，随着西学东渐的展开，与来自西洋的"西学"相比配，在汉字文化圈又有特指本国固有学术文化的"国学"一名出现。如江户幕府时期（1601—1867）的日本人，自18世纪起，把流行的学问归为三类：汉学（从中国传入）、兰学（从欧美传入，19世纪扩称洋学）、国学（从《古事记》《日本书纪》发展而来的日本固有学术）。19世纪末、20世纪初，中国留日学生与入日政治流亡者，以及活动于上海等地的学人，采借日本已经沿用百余年的"国学"一名，用指中国固有的学术文化。1902年梁启超（1873—1929）撰文，以"国学"与"外学"对应，强调二者的互动共济，梁氏曰："今日欲使外学之真精神普及于祖国，则当转输之任者，必邃于国学，然后能收其效。"（《论中国学术思想变迁之大势》）1905年国粹派在上海创办《国粹学报》，公示"发明国学，保存国粹"宗旨。这里的"国学"意为"国粹之学"。该刊发表章太炎（1869—1936）、刘师培（1884—1920）、陈去病（1874—1933）等人的经学、史学、诸子学、文字训诂方面文章，以资激励汉人的民族精神与文化自信。从此，中国人开始在"中国固有学术文化"意义上使用"国学"一词，为"国故之学"的简称。所谓"国故"，指中国传统的学术文化之故实，此前清人多有用例，如魏源（1794—1857）认为，学者不应迷恋词章，学问要从"讨朝章、讨国故始"（《圣武记》卷一一），这"讨国故"的学问，也就是后来所谓之国学。

经清末民初诸学者（章太炎、梁启超、罗振玉、王国维、刘师培、黄侃、陈寅恪等）阐发和研究，国学所涉领域大定为：小学、经学、史学、诸子、文学，约与现代人文学的文、史、哲相当而又加以综汇，突现了中国固有学术整体性特征，可与现代学校的分科教学相得益彰、彼此促进，故自20世纪初叶以来，"国学"在中国于起伏跌宕间运行百年，多以偏师出现，而时下又恰逢勃兴之际。

中国学术素有"文、史、哲不分家"的传统，中国学术的优势与缺陷皆与此传统相关。百年来的中国学校教育仿效近代西方学术体制，高度分科化，利弊互见。其利是促进分科之学的发展，其弊是强为分割知识。为克服破碎大道之弊，有人主张打通文、史、哲壁垒，于是便有综汇中国人文学的"国学"之创设，并编纂教材，进于学校教育、家庭教育、社会教育，其先导性教材结集，为20世纪20年代至30年代原商务印书馆由王云五策划并担任主编的《万有文库》之子系《学生国学文库》。所收均为四部重要著作。略举大凡：经部如诗、礼、春秋，史部如史、汉、五代，子部如庄、孟、荀、韩，并皆刊入；文辞则上溯汉、魏，下迄近代，诗歌则陶、谢、李、杜，均有单本，词则多采五代、两宋。丛书凡 60 册，已然囊括了"国学"之精粹。其鲜明之特色是选注者掺入了对原著的体味，经史诸书选辑各篇，以表见其书、其作家之思想精神、文学技术、历史脉络者为准。其无关宏旨者，概从删削、剔抉。选注者中不乏叶圣陶、茅盾、邹韬奋、傅东华这样的学界翘楚。他们对传统国学了然于胸，于选注自然是举重若轻，驾轻就熟。这样一份业经选注者消化、反刍的国学精神食粮自然更便于国学入门者吸收。

这样一套曾在 20 世纪初在传播传统文化、普及国学知识方面起到重要作用的丛书即便今天来看也是历久弥新。崇文书局因应时势，邀约深谙国学之行家里手于原辑适当删减、合并、校勘，以 30 册 300 余万言，易名《民国国学文库》呈献当今学子。诸书均分段落，作标点，繁难字加注音，以便省览。诸书原均有注释，古籍异释纷如，原已采其较长者，现做适当取舍、增删。诸书较为繁难、多音多义之字，均注现代汉语拼音，以便讽诵。诸书卷首，均有选注者序，述作者生平、本书概要、参考书举要等，凡所以示读者研究门径者，不厌其详，现一仍其旧。

这样一套入门的国学读物，读者苟能熟读而较之，冥默而求之，国学之精要自然神会。

是为序。

校订说明

丛书原名《学生国学文库》，为20世纪二三十年代商务印书馆王云五主编《万有文库》之子系，为突显其时代印记现易名为《民国国学文库》，奉献给广大国学爱好者。

原丛书共60种，考虑到难易程度、四部平衡、篇幅等因素，在广泛征求专家意见基础上，现删减为34种30册，基本保留了原书的篇章结构。因应时势有极少量的删节。

原文部分，均选用通用、权威版本全文校核，参以校订者己见做了必要的校核和改订。为阅读的通顺、便利，未一一标注版本出处。

注释根据原文的结构分别采用段后注、文后注，以便读者省览。原注作了适当增删，基本上保持原文字风格，之乎者也等虚词适当剔除，增删力求通畅、易懂，避免枝蔓。典实、注引做了力所能及的查证，但因才学有限疏漏可能在所难免。

原书为繁体竖排，现转简体横排。简化按通行规则，但考虑到作为国学读物，普及小学知识亦在情理之中，故而保留了少量通假字、繁体字、异体字，一般都出注说明，或许亦可增加读者的阅读兴趣和扩大知识面。

生僻、多音字作相应注音，原反切、同音、魏妥玛注音，均统一改现代汉语拼音。

国学读物校订，工作浩繁，往往顾此失彼，多有不当处，还望读者指正。

丛书校订工作由余欣然统筹。

绪　言

一　欧阳修之生平

欧阳修，字永叔，唐太子率更令询之后。吉州永丰人，生于宋真宗景德四年六月二十一日。父观，泰州军事判官。修四岁而孤，依叔父晔居随州。母郑氏，教以读书为文。仁宗天圣八年，举进士甲科。补西京留守推官。入朝，为馆阁校勘，与修《崇文总目》。范仲淹贬饶州，司谏高若讷以为当黜，修贻书责其不知羞耻，高上其书，坐贬夷陵令。徙乾德令，武成军节度判官。召还，进集贤司理。又出通判滑州。庆历三年，知谏院，拜右正言。仁宗嘉其敢言，尝曰："如欧阳修者，何处得来！"同修起居注。遂知制诰，故事，知制诰必试，特除之。宋初以来，知制诰免试者，仅杨亿、陈尧佐及修三人。奉使河东。还为龙图阁直学士、河北都转运使。党论兴，杜衍、韩琦、范仲淹、富弼相继罢去，修上疏极谏。忌者遂因修孤甥张氏狱，以赀产事中之，落职，出知滁州，自号醉翁。徙扬州、颍州。至和元年，还为翰林学士兼史馆修撰。奉使契丹，其主命贵臣四人押宴，曰："此非常制，以卿名重，故尔。"知嘉祐二年贡举，痛抑时文险怪之习，文格以变。加龙图阁学士，权知开封府，承包拯威严之后，简易循理，不求赫赫名，京师亦治。《唐书》成，拜礼部侍郎，为枢密副使。六年，参知政事，预定策立英宗为皇子。英宗立，"濮议"起，修谓称本生父为皇伯无据，御史吕诲等诋为邪议。神宗即位，蒋之奇、彭思永等，以飞语连其子妇，劾修，罢为观文殿学士，知亳州。移青州、蔡州，更号六一居士。熙宁四年，以太子少师致仕。五年闰七月，卒，年六十有六，赠太子太师，谥文忠。著有《居士集》五十卷，《外集》二十五卷，《易童子问》三卷，《外制集》三卷，《内制集》八卷，《表奏书启四六集》七卷，《奏议集》十八卷，《杂著述》十九卷，《集古录跋尾》十卷，《书简》十卷。

二　欧阳修在文学史上之位置

中国文学，自汉魏以后，骈俪盛行，词藻富丽，其病也，捃扯堆砌，不务实际。唐时韩愈氏出，始以古文为倡，冀以"挽狂澜于既倒"，故有"文起八代之衰"之誉。实则愈虽创为古文，而俪偶习气，尚间有存者，朱晦庵谓："其文亦变未尽。"殊非奇论。且因数百年积习之深，当时除愈外，仅有柳宗元及李翱、皇甫湜等，同为古文，亦不尽为时人所从。是以经唐末五季，以至宋初，四六文仍盛行，且变本加厉，务为新奇。僻涩如"狼子豹孙，林林逐逐"，怪诞如"周公伻图，禹操畚锸，傅说负版筑，来筑太平之基"之类，皆见时文。剥剥故事，支离破碎，甚者若俳优之词，文体大坏。杨亿、刘筠辈，学问虽博，不能自拔于流俗，反吹波扬澜，助其声势，一时称"西昆体"。韩柳之文，早已束之高阁。独欧阳修于举世不为之日,与尹洙、苏舜钦兄弟等,提倡古文,不遗余力。据修《记旧本韩文后》,乃于十五六时,在随州李氏家壁间敝筐中,检得《韩文》六卷,脱落颠倒,几无次第,乞归读之,爱其深厚雄博,苦心探讨,至忘寝食。后官洛阳,始与尹洙等议论,并出所藏《韩集》,补缀校定,以资倡率。又因试士衡文,深革时弊,务求平淡典要,凡怪僻知名之士,尽黜之。所举如曾巩、苏轼兄弟等,后皆为古文大家。苏洵、王安石,亦修所荐举。事后,嚣薄之徒,伺修出,聚噪于马首,街逻至不能制,修屹不为动,卒变文风。在修之前,虽尚有柳开、穆修等,为之椎轮,然仅去华就实,虽稍近古而未尽变化之妙,未若修之博大。故就中国文学史地位而言,修实为韩愈后提倡复古,推翻偶像文学之第一伟大作家。

秦汉诸子以降,文章作风,约其大端,可分为"阳刚"、"阴柔"二类,其说创于清桐城姚鼐。鼐《复鲁絜非书》云:

"其得于阳与刚之美者,则其文如霆,如电,如长风之出谷,如崇山峻崖,如决大川,如奔骐骥;其光也,如杲日,如火,如金镠铁;其于人也,如凭高视远,如君,如朝万众,如鼓万勇士而战之。其得于阴与柔之美者,则其文如升初月,如清风,如云,如霞,如烟,如幽林曲涧,如沦,如漾,如珠玉之辉,如鸿鹄之鸣而入寥廓;其于人也,漻乎其如叹,邈乎其如有思,暖乎其如喜,愀乎其如悲。"

可谓形容尽致。惜抱书又云："宋朝欧阳曾公，其才皆偏于柔之美者也。"尤为知言。盖修为文，虽得力于昌黎，然昌黎文格雄伟，得之于阳刚；而修则变而为阴柔，其风神独妙处，又非韩之所有。吴敏树谓："欧珍旧本《韩文》如异宝，而为文辄不类。"不类云者，即"阴""阳""刚""柔"之判也。后世作者，如明之震川，清之方姚，所谓桐城一派，其文往往夷犹澹宕，"阴柔"多而"阳刚"少，渊源所自，非修莫属。故修实为阴柔古文家之先河，即谓其为桐城派作家之初祖，亦无不可。

三　关于欧阳修文章之评论

欧文在文学史地位，既如上述。至关于其文章之评论，亦复不一，兹列举当时诸人所推称者以见一斑：

"文备众体，变化开阖，因物命意，各极其工，其得意处，虽退之未能过。"——见吴充《欧阳公行状》。

"得之自然，非学所至，超然独骛，众莫能及，譬夫天地之妙，造化万物，动者植者，无细与大，不见痕迹，自极其工。"——见韩琦《欧阳公墓志铭》。

"著于礼乐仁义之实，以合于大道，其言简而明，信而通，引物连类，折之于至理，以服人心。"——见苏轼《居士集序》。

"论大道似韩愈，论事似陆贽，记事似司马迁，诗赋似李白，此非予言也，天下之言也。"——同上。

"天才有余，丰约中度，雍容俯仰，不大声色，而义理自胜，短章大论，无施不可。有欲效之，不诡则俗，不淫则陋，终不可及，是以独步当世，求之古人，亦不可多得。"——见苏辙《欧阳文忠公神道碑》。

"形于文章，见于议论，豪健俊伟，怪巧瑰琦，其积于中者，浩如江河之停蓄；其发于外者，烂如日星之光辉；其清音幽韵，凄如飘风急雨之骤至；其雄辞闳辨，快如轻车骏马之奔驰。"——见王安石《祭欧阳文忠公文》。

"文章逸发，醇深炳蔚，体备韩马，思兼庄屈，垂光简编，焯若星日，绝去刀尺，浑然天质，辞穷卷尽，含意未卒，读者心醒，开蒙愈疾。"——见曾巩《祭欧阳少师文》。

以上所举，或不无言过其实，及阿私所好之处，然其以为自汉以来，五百余年，始得一韩愈；自愈以来，三百余年，始得一欧阳修；推崇之词，则几于众口同声，后人亦无可异议者也。

大抵修之为人，天怀乐易，性情肫挚，故其文章，亦委曲纡徐，神韵绵邈，特多抒情之作；而又博极群书，好学不倦，遂能刷削凡猥，出以自然。朱晦庵云："欧阳好处，只是平易说道理，初不曾使差异底字，换却寻常底字。"又云："欧阳公文字，敷腴温润。"姚惜抱云："欧公能取异己者之长，而时济之。"近人吴曾祺云："其平生所历，往往能各见性情，不肯于风格之正。"均为笃论。惟曾文正有言："文之以情胜者，多悱恻感人之言，而其弊常丰缛而寡实。"此虽在修，有时亦不免此病。故包世臣《艺舟双楫》，于修之序记，即有"庸调"之讥；吴曾祺亦云"不善学者，习其腔套，便有依响附声之诮"也。

顾修之为文，其苦心孤诣，不肯草草将事处，迥非后人率尔操觚、徒为油腔滑调者所可比拟。修尝谓谢希深曰："余平生所作文章，多在三上，乃马上、枕上、厕上也，盖惟此尤可以属思尔。"（见《归田录》）周必大云："前辈尝言公作文，揭之壁间，朝夕改定。"叶梦得《石林燕语》云："欧阳文忠晚年，取平生所为文，自编次之，今所谓《居士集》者，往往一篇至数十过，有累日去取不能决者。一夕大寒，烛下至夜分，薛夫人从旁语曰：'寒甚，当早睡，胡不自爱自力？此已所作，安用再三阅？宁畏先生嗔耶？'公笑曰：'吾正畏先生嗔耳。'"惨澹经营，可以概见。在翰林时，尝草春帖子词，仁宗见其篇篇有意，叹曰："举笔不忘规谏，真侍从之臣也。"虽小品文字，亦自不苟，其他可知，后学者当以是为作文之法。

四　本编选文杂评

欧阳修全集，计百五十余卷，卷帙繁富，其中除制诰、奏议、经说、时文、诗词、杂著以外，散文作品，不下数百篇，故历来各家选本，取舍不同，出入互见，本编抉择其尤为精粹者，凡四十六篇，加以诠释，以便学者研求。更就所选各篇，采录旧闻，间亦参以鄙见，略为品评，俾资参考之助。

（一）赋

赋为风雅变体，取工骈俪，古文家罕所沿袭，《居士集》亦不多见。

《秋声赋》，描写精灵，末以人世忧劳致慨，于悲秋中寓警悟之意，可谓神品；东坡《赤壁》《黠鼠》诸赋，多取法于此。

（二）论

欧阳修之论，平直详切，盖多进御之作，此体为宜。

《本论》，渊源于昌黎《原道》，而特多探原之说，前人谓"欧公《本论》不行，则昌黎《原道》终为虚设"，洵不诬也。至拈礼义二字，为辟佛根本，尤与理学诸儒断断于心性之争者不同，见识高绝。

《朋党论》，以"小人无朋，君子则有"二语，为一篇纲领，征引佐证，确凿不移，所谓"以子之矛，陷子之盾"者是已；文亦明白晓畅，易于启悟。

《纵囚论》，以"不近人情"推出太宗好名之心，一发破的；通篇反复驳诘，精悍犀利，作伪者直无所置喙。

（三）墓志

修文名冠一时，故所作铭章亦特多，于《江邻几文集序》，曾自言之；虽亦不免有谀墓之时，然其述生平朋友之丧，及存亡离合之感，则声泪俱下，情文交至，不可多得也。

《资政殿学士户部侍郎文正范公神道碑铭》，典重翔实，无一毫溢美之词，而范公之为社稷之臣，自然可见，此修平生第一经意文字；至叙范吕晚年交欢事，尤足以表范公光明磊落之襟怀。

《石曼卿墓表》，章法极变化，叙次亦明净无枝蔓；后幅慷慨激昂，不负曼卿之奇节矣。

《河南府司录张君墓表》，空明澄澈，毫无滞机；叙盛衰生死之际，尤为呜咽。

《胡先生墓表》，庄重不佻，自与其人相称。

《泷冈阡表》，借太夫人口中缕述先德，造语极有分寸，而太夫人之贤亦自见；中叙太夫人处，寥寥数言，安贫乐道之怀，跃然纸上，有画龙点睛之妙；末言己之立身，本于先泽，词亦得体。为文不事藻饰，而语语咸从真心情中流露而出，诵之使人感动，旧记谓："碑成渡江，为龙神所取，以朱圈文中'祭而丰不如养之薄'八字。"语虽无稽，然其文章价值，信足惊天地而泣鬼神也。

《张子野墓志铭》，与尧夫墓表，同一沉痛，二张与修交厚，而仕宦不进，无功业可以铺张，琐叙平昔交游雅故，感慨系焉，转觉一往情深；描写处亦极生动。

《孙明复先生墓志铭》，写来便与西汉经师相似；铭词奇崛，逼肖昌黎。

《黄梦升墓志铭》，通首只写其有文不遇，节奏之美，可泣可歌；铭词即引梦升文以发其哀，亦有叫应。

　　《尹师鲁墓志铭》，修以尹为文，简而有法，因取其意而为之，即得其体，尹妻怒其简略，固请添换，后卒请韩琦别为墓表；修有《论尹师鲁墓志》一文，略谓："述其文曰：'简而有法。'此惟春秋足以当之；举其愿与范公同贬，及临终语不及私二事，则平生忠义，穷达祸福，不愧古人可知；又铭文云云，其语愈缓而意愈切，诗人之义也。"参看是文，便悟此篇用意结撰处。

　　《太常博士尹君墓志铭》，首尾均以师鲁衬说，情文相生，章法井然；中叙子渐愤惋以卒，感慨淋漓；铭词凄咽动荡，有变徵之声。

　　《湖州长史苏君墓志铭》，因子美得罪，缘其妇翁杜公之故，即从杜氏叙起，势极排奡（áo，突兀）；篇末唱叹而出之，尤为悱恻动人。

　　《梅圣俞墓志铭》，章法全仿昌黎《贞曜先生墓志铭》，而出以深婉，盖圣俞诗穷，略如东野，而欧梅交情，亦不亚于韩孟，故有意为之。

　　《徂徕石先生墓志铭》，不多假事迹，但述其平生志趣所在，与其大节气概，读之如见其人；文亦峥嵘酣恣之至。

　　《南阳县君谢氏墓志铭》，通篇用圣俞悼亡口气，情文自佳；盖妇人墓志，无奇节伟行之可称，又不可为哀怆于邑之词，最难著笔，虽昌黎为之，亦不能见长，此篇独为有致。

（四）记

修记事之文，意境平实，全是宋人格调，与韩柳之作不侔矣，然风韵翛然，自有不可及处。

《王彦章画像记》，极力摹写，颇得昌黎《张中丞传后叙》之神；中以德胜之役，寄慨于当时西事之失机，借题发挥，具见平生心事。

《丰乐亭记》，抚今思昔，与送《田画省亲序》略同，而彼篇作于谪宦之际，则心旷而神怡，此作于丰乐之时，独忧深而思远，贤人君子之用心如此。

《醉翁亭记》，共用二十个"也"字，创意立法，前所未有，秦少游谓："《醉翁亭记》用赋体。"良然；修初作记时，起手叙列东西南北诸山，凡数百言，后均删去，只余"环滁皆山也"一语，于此可悟作文剪裁之法。

《真州东园记》，全借许子春口描写景物，虚实无不曲绘盖未曾亲履其境，舍是固无法铺张也；此与《谢氏墓志铭》，同一机杼。

《有美堂记》，逐层缴入，笔势夭矫，而行文独舂容大雅，毫无窘步，尤为与题相称。

《相州昼锦堂记》，起便撇开昼锦之荣，为魏公高抬地步，然后叙其平生勋业，而以其荣归之邦国，斡旋得体，然非魏公德业之盛，则亦不称此文也。

《岘山亭记》，神韵缥缈，化工之笔也；惟文中"其人谓谁？羊祜叔子杜预元凯是已"二语，后人以为近于俗调，为文之疵类，刘海峰欲删此二句，而易下文"二子相继于此"为"羊叔子杜元凯相继于此"颇当。

《樊侯庙灾记》，前幅抑扬尽致；后半用反诘法，跌宕精灵之极。

（五）序

按姚惜抱《古文辞类纂》序跋类序目谓："史传不可胜录，惟载司马迁欧阳修表志序论数首，序之最工者也。"他选欧文，亦多录《唐书·艺文志序》，《五代史·宦者传论》《伶官传论》等篇；本编仅以《居士集》为限，史书序论，不复更录。

《释秘演诗集序》，多慷慨呜咽之音，最得《史记》神髓；"予亦时至其室"语有分寸。"既习于佛无所用"一语，亦微而婉。

《释惟俨文集序》，与上篇均以曼卿为经纬，惟前者序其诗，故多情调；此序其文，故多议论；"人亦复之……"一段，寓辟佛之意，惟语意和平，异于昌黎《送高闲上人序》之峻，此亦阳刚阴柔之判也。

《集古录目序》，瑰丽苍莽，为欧集中不多觏之作，修自跋此序谓"谢希深善评文章，尹师鲁辨论精博，余每有所作，二人伸纸疾读，便得深意，他人虽有所称，皆非余所自得，此序之作，恨无谢尹知音"云云，其自喜之之意可见；王荆公亦云："读之可辟疟鬼。"

《苏氏文集序》，唱叹淫泆，语特沉痛，盖子美之废，不以其罪，乃同时贬者皆复用，而子美独先卒，尤为可哀；墓铭之作，亦系此意。

《送杨寘序》，一篇琴说，沉至深微，是真能移情者；修曾论昌黎《听颍师弹琴》诗，谓"只，是说琵琶耳"，非工于操缦者，不能言之也。

《送田画秀才宁亲万州序》，发思古之幽情，令无迁谪怨尤之语，盖实践与《尹师鲁书》所谓"不作戚戚之文"者。

《梅圣俞诗集序》，"穷而益工"一语，系修独创之说，亦千古不易之论。修与圣俞论诗最合，《跋圣俞诗稿》有"伯牙鼓琴，子期听之，不相语而意相知"之语，兹序作于圣俞卒后，故尤有惘惘不尽之情。

《送徐无党南归序》，就三不朽发挥，深抑文章末节，语重心长，可谓善于诱掖。昌黎与后进书，多论作文之法，此意固当胜之。

《江邻几文集序》，通篇但叙交游零落善类迍遭之感，苍凉感喟；末段带过诗文，余音邈然，可称绝作。

（六）传

修撰《五代史》，国史谓其可继班固、刘向，史才之长可知，《外集》二作，尚非其至者。

《六一居士传》，借客主问答之词，自写高致，澹宕多姿，于渊明《五柳先生传》外，别开生面。

《桑怿传》，前四段皆写捕盗事，层出不穷，笔墨生动之极；让赏一段，尤近龙门得意之笔。

（七）书

修之书翰，无昌黎之变化多方，然纡徐易直，类于有德之言。

《上范司谏书》，上半写谏官责任之重，下半写建言不当待时，语极切至，盖以范公贤者，期望之殷，遂不觉其言之侃直耳。

《与高司谏书》，词严义正，大声疾呼。使婐婀软媚之辈，读之无以自容，是为有功世道人心文字。

《与尹师鲁书》，前段琐琐叙来，极嵚崎历落之致，意境稍近柳州；至言"古人赴义，视为当然，不名奇行"，陈义尤高，足以愧厉薄俗。

（八）祭文

修笃于交友，故铭墓哀祭之作，多悱恻动人，交愈厚则文愈佳，合而观之，便见其缠绵尽致处。

《祭尹师鲁文》，哀音促节，沉挚无伦。

《祭苏子美文》，辞句凄丽。

《祭资政范公文》，琢句高古，变雅之音。

《祭梅圣俞文》，着墨不多，凄神寒骨，王荆公《高主簿祭文》，实脱胎于此。

《祭石曼卿文》，系奠墓之词，故用雍门周鼓琴意，寄其遥慨低回欲绝。

（九）杂题跋

《居士外集》，杂题跋二十余首，笔墨超脱，不落恒蹊，修杂著如《笔说》《试笔》等，多此类文字，东坡所谓"冲口而得，信手而成，初不加意，而有自然绝人之姿"者也。

《读李翱文》，借《幽怀赋》一段，自鸣孤愤，感怆曲折，烟波无尽。

閩侯黄公渚叙

1933 年 3 月 15 日

目 录

赋

秋 声 赋

　　欧阳子方夜读书，闻有声自西南来者，悚然①而听之曰："异哉！"初淅沥以萧飒②，忽奔腾而砰湃③；如波涛夜惊，风雨骤至，其触于物也，鏦鏦铮铮④，金铁皆鸣。又如赴敌之兵，衔枚疾走⑤，不闻号令，但闻人马之行声。余谓童子："此何声也，汝出视之？"童子曰："星月皎洁，明河⑥在天，四无人声，声在树间。"

　　余曰："噫嘻悲哉！此秋声也，胡为而来哉？盖夫秋之为状也：其色惨淡，烟霏⑦云敛，其容清明，天高日晶；其气栗冽⑧，砭⑨人肌骨；其意萧条，山川寂寥。故其为声也：凄凄切切⑩，呼号奋发。丰草绿缛⑪而争茂，佳木葱茏⑫而可悦；草拂之而色变，木遭之而叶脱；其所以摧败零落者，乃其一气之余烈。夫秋，刑官也⑬，于时为阴；又兵象也，于行为金⑭；是谓天地之义气⑮，常以肃杀而为心。天之于物，春生秋实。故其在乐也，商声主西方之音⑯；夷则为七月之律⑰。商，伤也，物既老而悲伤；夷，戮也，物过盛而当杀。嗟乎！草木无情，有时飘零，人为动物，惟物之灵⑱，百忧感其心，万事劳其形，有动于中，必摇其精。而况思其力之所不及，忧其智之所不能，宜其渥然⑲丹者为槁木，黟然黑者为星星⑳；奈何以非金石之质，欲与草木而争荣。念谁为之戕贼，亦何恨乎秋声？"

童子莫对，垂头而睡。但闻四壁虫声唧唧㉑，如助余之叹息。

----

①悚然：失惊貌。　②萧飒：风声。　③砰湃：波涛声。④铮铮铮铮：金铁戛击之声。　⑤古时行军，或令军士衔枚。枚状如箸，横衔口中，组系项后，则军行不得偶语，所以禁喧嚣也。⑥明河：天河也，亦名银河，系无数微光恒星集合而成，弯环如河，夏秋夜晴，望之历历。　⑦霏：烟甚貌。　⑧晶：精光也。栗冽：犹栗烈，寒。　⑨砭：石针也，借作"刺"义。⑩切切：形容声音轻细而急促。　⑪缛：繁密的彩饰。　⑫葱茏：草木茂盛貌。　⑬上古置官，多以四时为名，《周礼》六官，司寇为秋官，即后世之刑部也。　⑭行：五行——木、火、土、金、水——分配四时；春，木；夏，火；秋，金；冬，水；土，居中央，寄旺四时。　⑮《礼·乡饮·酒义》："天地严凝之气，始于西南，而盛于西北，此天地之尊严气也，此天地之义气也。"西南至西北，秋之方位也。　⑯商：五声——宫、商、角、徵、羽——之一，五声分配四时；春，角；夏，徵；秋，商；冬，羽；宫，属中央土。　⑰夷则：十二律——黄钟大吕、太簇、夹钟、姑洗、仲吕、蕤宾、林钟、夷则、南吕、无射、应钟——之一，孟秋之月，律中夷则，并见《礼记·月令》。律，本正音之

器，黄帝臣伶伦，截竹为箫，阴阳各六，箫有长短，则声有清浊高下，后亦以配每年十二月，以占气候。　　⑱《尚书》："人为万物之灵。"　　⑲渥然：谓渍以赤色，言红润也。《诗》："颜如渥丹。"槁木：枯木，言无生意也，《庄子》："形固可使如槁木，心固可使如死灰乎？"　　⑳黟（yī）：黑也。星星：犹点点也。谢灵运诗："星星白发垂。"　　㉑唧唧：虫声。

论

本　论①

　　佛法为中国患千余岁②，世之卓然③不惑而有力者，莫不欲去之④。已尝去矣，而复大集⑤，攻之暂破而愈坚，扑之未灭而愈炽⑥，遂至于无可奈何。是果不可去邪？盖亦未知其方也。

　　夫医者之于疾也，必推其病之所自来，而治其受病之处⑦。病之中人，乘乎气虚而入焉。则善医者，不攻其疾而务养其气，气实则病去⑧，此自然之效也。故救天下之患者，亦必推⑨其患之所自来，而治其受患之处。佛为夷狄⑩，去中国最远，而有佛固已久矣。尧、舜、三代之际⑪，王政修明，礼义之教充于天下，于此之时，虽有佛无由而入。及三代衰，王政阙，礼义废，后二百余年而佛至乎中国⑫。由是言之，佛所以为吾患者，乘其阙废之时而来，此其受患之本也。补其阙，修其废，使王政明而礼义充，则虽有佛无所施于吾民矣，此亦自然之势也。

　　昔尧、舜、三代之为政，设为井田之法⑬，籍天下之人，计其口而皆授之田⑭，凡人之力能胜耕者，莫不有田而耕之，敛以什一⑮，差其征赋，以督其不勤⑯。使天下之人，力皆尽于南亩⑰，而不暇乎其他。然又惧其劳且怠而入于邪僻也，于是为制牲牢酒醴以养其体⑱，弦匏俎豆以悦其耳目⑲，于其不耕休力之时而教之以礼⑳。故因其田猎而为搜狩之礼㉑，因其嫁娶而为婚姻之礼，因其死葬而为丧祭之礼，因其饮食群聚而为乡射之礼㉒。非徒以防其乱，又因而教之，使知尊卑长幼，凡人之大伦也。故凡养生送死之道，皆因其欲而为之制。饰之物采㉓而文焉，所以悦之，使其易趋也；顺其情性而节焉，所以防之，使其不过也。然犹惧其未也，又为立学以讲明之。故上自天子之郊㉔，下至乡党㉕，莫不有学㉖，择民之聪明者而习焉，使相告语而诱劝其愚惰。呜呼！何其备也！

盖尧、舜、三代之为政如此，其虑民之意甚深，治民之具甚备，防民之术甚周，诱民之道甚笃。行之以勤而被于物者洽㉗，浸之以渐㉘而入于人者深。故民之生也，不用力乎南亩，则从事乎礼乐之际；不在其家，则在乎庠序之间。耳闻目见，无非仁义，乐而趋之，不知其倦。终身不见异物㉙，又奚暇夫外慕㉚哉？故曰，虽有佛无由而入者，谓有此具也。

及周之衰，秦并天下㉛，尽去三代之法㉜，而王道中绝。后之有天下者，不能勉强，其为治之具不备，防民之渐不周，佛于此时乘间㉝而入。千有㉞余岁之间，佛之来者日益众，吾之所为者日益坏。井田最先废，而兼并游惰之奸起㉟，其后所谓搜狩、婚姻、丧祭、乡射之礼，凡所以教民之具，相次而尽废。然后民之奸者有暇而为他，其良者泯然㊱不见礼义之及己。夫奸民有余力则思为邪僻，良民不见礼义则莫知所趋，佛于此时乘其隙，方鼓其雄诞之说而牵之㊲，则民不得不从而归矣。又况王公大人，往往倡而驱之㊳，曰："佛是真可归依者㊴。"然则吾民何疑而不归焉。幸而有一不惑者，方艴然而怒曰㊵："佛何为者？吾将操戈㊶而逐之。"又曰："吾将有说而排之。"夫千岁之患，遍于天下，岂一人一日之可为？民之沉酣㊷，入于骨髓，非口舌之可胜。然则将奈何?曰："莫若修其本以胜之。"

昔战国之时㊸，杨、墨交乱㊹，孟子㊺患之，而专言仁义，故仁义之说胜，则杨、墨之学废。汉之时，百家㊻并兴，董生患之而退修孔氏㊼，故孔氏之道明而百家息。此所谓"修其本以胜之"之效也。

今八尺之夫，被甲荷戟㊽，勇冠三军㊾，然而见佛则拜，闻佛之说则有畏慕之诚者，何也？彼诚壮佼㊿，其中心茫然无所守而然也。一介(51)之士，眇然柔懦(52)，进趋畏怯，然而闻有道佛者，则义形于色，非徒不为之屈，又欲驱而绝之者，何也？彼无他焉，学问明而礼义熟，中心有所守以胜之也。

然则礼义者，胜佛之本也。今一介之士，知礼义者，尚能不为之屈，使天下皆知礼义，则胜之矣，此自然之势也。

---

①原有三篇，庆历二年作，上篇论为治之本务先均财、节兵、立制、任人、尚名，晚年删存外集，中下两篇，皆辟佛之文，本书选其中篇。　②佛法：为世界宗教之一，创于天竺（今印度）迦比罗城王子释迦牟尼，其教以成佛超凡为主。后汉明帝永平八年，遣蔡愔、秦景、王遵等，至天竺求佛书，及沙门摄摩腾竺法兰而来，佛

法始入中国，历晋、魏、梁、隋，其教大盛。至庆历时，约九百八十余年。　③卓然：特立之貌。　④如北周武帝废佛、道教，唐傅弈、韩愈等，辟之尤力。　⑤集：聚也，谓佛教又大盛也。⑥二语以兵、火为喻，极言佛法废而复起之势。　⑦《墨子》："医之攻人之疾，必知其疾所自起焉而攻之。"语意本此。　⑧唐柳公倬《太医箴》："气与心流，疾乃伺之……气离有患，气完则成……医之上者，理于未然，患居虑后，防处事先。"数语本此。古人谓无形质可见而相感者曰气。　⑨推：寻绎也。　⑩佛为天竺人，即今之中印度，生于周灵王之时。东方曰夷，北方曰狄，夷狄，古时对于外族之通称。　⑪尧：帝尧，姬姓，高辛氏次子，初封于陶，后封于唐，故号陶唐氏。舜：帝舜，姚姓，受尧禅位，其先世国于虞，故号有虞氏。三代：夏、商、周也。　⑫周亡至后汉明帝时，约二百七十余年。　⑬周制井田之法，以地方一里，画为九区，每区百亩，中为公田，其外八家，各受一区为私田，形如井字，故曰井田。夏商制亦相若，惟夏田五十亩，商田七十亩耳。　⑭除卿大夫士外，一夫皆受田百亩，可食八口之家。⑮敛：取也，夏用贡法，每夫计五亩之入为贡；商用助法，借八家之力助耕公田；周用彻法，郊内用贡法，都鄙用助法，耕则通力合作，收则计亩而分；约皆取其什分之一以为赋税。　⑯周制，宅不种桑麻者，罚之使出一里二十五家之布；民无常业者，罚之使出一夫百亩之税，一家力役之征。　⑰《诗》："俶载南亩"。南亩，为田垄之通称。　⑱牲：兽之用于宾祭者。牢：牲也，牛曰太牢，羊曰少牢。醴：甜酒也。　⑲弦：丝绳施之于琴瑟者。匏（páo）：八音之一，笙、竽之属，皆列管匏内，施簧管端，故曰匏。俎、豆：祭器名，皆以木为之。俎，长方形如架，用以荐牲；豆，圆形有柄，用以盛濡物。　⑳古者乡饮之礼，多于冬月农事既登时行之。　㉑春猎曰搜，聚人众也；冬猎曰狩。狩，围守也。　㉒乡：乡饮酒礼，乡学三年，业成将升于君，乡大夫与之饮酒之礼也。射：乡射礼，州长春秋以礼会民，射于州序之礼也。㉓物采：谓典章彝器之属，见《左传》。　㉔夏之西序，即小学；商之右学，即大学；周之虞庠，即小学，皆在国都西郊。㉕万二千五百家曰乡，五百家曰党。　㉖党之学曰庠，乡之学曰序。　㉗洽：浸润。　㉘渐：慢慢地，一点一点地。　㉙异物：谓邪僻之事。　㉚外慕：羡慕外来之物也。　㉛周自平王东迁之后，王室式微，至东周君时，为秦庄襄王所灭，传子政，次第灭韩、赵、魏、楚、燕、齐六国，统一天下，号始皇帝。　㉜秦孝公时，用卫公孙鞅为左庶长，定变法之令。　㉝间（jiàn）：隙也。　㉞有（yòu）：又也。　㉟周显王十九年，秦始废井田，开阡陌，更赋税之法，豪强得以兼并田产，恣为游惰。　㊱泯然：消失净尽貌。　㊲鼓：动也。诞：妄为大言也。　㊳倡而驱之：谓提倡佛教，迫民使从之也。　㊴归依：信仰而崇奉之也，梵书作皈依，佛教有归依佛、归依法、归依僧，谓之三归。㊵艴（fú）：盛气色也，怒也。　㊶戈：古兵器名，横刃，状如鸡鸣，其刃向前者曰援，下垂附于柲者曰胡，其后端曰内。　㊷沉酣：本谓饮酒沉湎而酣畅，今凡醉心其事者，皆曰沉酣。　㊸自周威烈王二十三年，韩、赵、魏三家分晋，至秦并六国止，皆为战国之世。　㊹杨：杨朱，倡"为我"之说，拔一毛而利天下，皆不为也。墨：墨翟，倡"兼爱"之说。皆战国时人。　㊺孟子：

名轲，战国时邹人，著书七篇，重仁义，辟杨墨，谓"为我"无君，"兼爱"无父，其言曰："杨墨之道不息，孔子之道不著，是邪说诬民，充塞仁义也。"　　㊻百家：诸子百家也，汉承秦敝，学者多治申、韩、苏、张之说，黄、老之言尤盛。　　㊼董生：董仲舒，汉广川人，少治《春秋》为博士，武帝时，举贤良方正，对《天人三策》，略谓："今百家殊方，指意不同……臣愚以为不在六艺之科，孔子之术者，皆绝其道，勿使并进。"上以为江都王相，中废为中大夫，以言灾异下狱，后为胶西王相，以病免，著有《春秋繁露》等书。孔氏：孔子，名丘，字仲尼，周春秋时鲁人，为儒家之祖。　　㊽荷（hè）：以肩承之也。戟：古兵器名，其制与戈略同，惟援略昂起，而内亦有刃。　　㊾冠（guàn）：为众之首。　　㊿壮：硕大也。佼：美好也。壮佼，见《礼记·月令》篇。　　51一介：一个也。　　52眇：细微也。懦：弱也。

朋 党 论①

臣闻朋党之说，自古有之②，惟幸③人君辨其君子小人而已。大凡君子与君子，以同道为朋；小人与小人，以同利为朋④，此自然之理也。

然臣谓小人无朋，惟君子则有之，其故何哉？小人所好者禄利也，所贪者财货也，当其同利之时，暂相党引⑤以为朋者，伪也；及其见利而争先，或利尽而交疏，则反相贼害⑥，虽其兄弟亲戚，不能相保。故臣谓小人无朋，其暂为朋者，伪也。君子则不然：所守者道义，所行者忠信，所惜者名节⑦，以之修身，则同道而相益；以之事国，则同心而共济⑧；终始如一，此君子之朋也。

故为人君者，但当退小人之伪朋⑨，用君子之真朋，则天下治矣。

尧之时，小人共工、驩兜等为一朋⑩，君子八元、八恺十六人为一朋⑪。舜佐尧⑫，退四凶小人之朋⑬，而进元恺君子之朋⑭，尧之天下大治。及舜自为天子，而皋、夔、稷、契等二十二人⑮，并列于朝，更相称美，更相推让⑯，凡二十二人为一朋，而舜皆用之，天下亦大治。

《书》曰⑰："纣有臣亿万⑱，惟亿万心；周有臣三千，惟一心。"纣之时，亿万人各异心，可谓不为朋矣，然纣以亡国。周武王之臣三千人为一大朋，而周用以兴[19]。

后汉献帝时[20]，尽取天下名士囚禁之，目为党人[21]。及黄巾贼起，汉室大乱[22]，后方悔悟，尽解党人而释之[23]，然已无救矣。

唐之晚年，渐起朋党之论[24]。及昭宗时[25]，尽杀朝之名士，咸投之黄河，曰："此辈清流，可投浊流[26]。"而唐遂亡矣[27]。

夫前世之主，能使人人异心不为朋，莫如纣；能禁绝善人为朋，莫如汉献帝；能诛戮清流之朋，莫如唐昭宗之世，然皆乱亡其国。更相称美推让而不自疑，莫如舜之二十二臣；舜亦不疑而皆用之。然而后世不诮[28]舜为二十二人朋党所欺，而称舜为聪明之圣者，以能辨君子与小人也。周武之世，举[29]其国之臣三千人共为一朋，自古为朋之多且大，莫如周。然周用此以兴者，善人虽多而不厌也[30]。

夫兴亡治乱之迹[31]，为人君者，可以鉴[32]矣！

----

①宋仁宗时，吕夷简罢相，夏竦罢枢密使，杜衍、富弼、韩琦、范仲淹并执政，修与王素、蔡襄、余靖为谏官，竦等不悦，王拱辰、章得象等造为党论，目仲淹等为党人，以倾陷之。庆历四年，修乃上此论。　②自古有之：如后汉灵帝时之钩党，及唐文宗时之牛、李党，皆是。　③幸：希冀也。　④朋：结党。　⑤党引：结党而援引也。　⑥贼：伤害也。　⑦名节：名誉气节也。　⑧济：渡，过河。此言成就事也。　⑨退：废斥不用

也。 ⑩共工：官名，古之世官族也。骓兜：臣名。尧时，共工、骓兜、三苗（国名）、鲧，谓之四凶。 ⑪八元：为高辛氏之才子八人，名伯奋、仲堪、叔献、季仲、伯虎、仲熊、叔豹、季狸。元：善也。八恺：为高阳氏之才子八人，名苍舒、隤敳、梼戭、大临、龙降、庭坚、仲容、叔达。恺：亦作"凯"，善也。 ⑫尧在位七十载举舜登庸。 ⑬舜流共工于幽州，放骓兜于崇山，窜三苗于三危，殛鲧于羽山。见《虞书》。 ⑭舜使八元布五教于四方；举八恺，使主后土，以揆百事。见《左传》。 ⑮皋：皋陶，即八恺中之庭坚，舜使之作士（刑官）。夔：亦曰后夔，典乐。稷：后稷，掌稼穑之官，舜使弃为之。契：子姓，舜使为司徒，掌教。二十二人：禹、弃、契、皋陶、垂、益、伯夷、夔、龙，九官，及四岳十二牧。 ⑯舜命各官，咨于群臣，更相称美，如宅百揆，佥举禹，典礼，佥举伯夷之类。更相推让，如垂让于殳斨及伯与，益让于朱虎熊罴之类。 ⑰《书》：《尚书》，四语见《周书·泰誓》篇。 ⑱商帝辛之谥为纣，谥法："残忍捐义曰纣。"亿：数名，有两种：小数十万曰亿，大数万万曰亿。⑲武王伐商，纣发兵七十万人拒战，众无斗心，倒戈而溃，纣自焚死，商亡。 ⑳献帝，名协，后汉灵帝子。 ㉑后汉桓帝时，宦官专权，告李膺、杜密、陈实、范滂等，共为部党，皆下狱，寻赦归，禁锢终身。及灵帝时，宦者曹节等遂杀窦武、陈蕃及膺等百余人，时党人有三君、八俊、八顾、八及、八厨之称，多及于难。此论作献帝时，误。 ㉒巨鹿张角挟妖术，遣弟子游四方，聚众数十万，言："苍天已死，黄天当立。"灵帝中平元年起兵，皆着黄巾为识；自是数十年，以讫汉亡。 ㉓黄巾军起，京师震动，灵帝召群臣议，用皇甫嵩、吕强言，解党禁，大赦党人。　㉔唐文宗时，李德裕与李宗闵、牛僧孺，各为朋党，互相挤援，时谓之牛、李党。　㉕昭宗：名杰，即位更名敏，复更名晔，懿宗第七子，僖宗之弟，昭宣帝之父。　㉖昭宣帝天祐二年，朱全忠聚裴枢、独孤损、崔远、陆扆、王溥、赵崇等三十余人于白马驿，一夕尽杀之。李振屡举进士不第，深疾缙绅之士，言于全忠曰："此辈常自谓清流，宜投之黄河，使为浊流。"全忠笑从之。此论作昭宗时，误。　㉗天祐四年，全忠废昭宣帝为济阴王，寻弑之，唐亡。　㉘诮：责备。　㉙举：合也。　㉚不厌：犹言无妨也。　㉛昔人所遗留者曰"迹"。　㉜鉴：诫也。修意欲仁宗勿信竦等朋党之说，当引汉唐党祸为诫，故云。

纵囚论①

信义行于君子，而刑戮施于小人。刑入于死者，乃罪大恶极，此又小人之尤甚者也；宁以义死，不苟②幸生，而视死如归，此又君子之尤难者也。方唐太宗之六年，录大辟囚三百余人③，纵使还家，约其自归以就死，是以君子之难能，期小人之尤者以必能也④。其囚及期，而卒自归无后者，是君子之所难，而小人之所易也。此岂近于人情哉？

或曰：罪大恶极，诚小人矣，及施恩德以临之，可使变而为君子；盖恩德入人之深，而移人之速，有如是者矣。曰：太宗之为此，所以求此名也⑤。然安知夫纵之去也，不意⑥其必来以冀免，所以纵之乎？又安知夫被纵而去也，不意其自归而必获免，所以复来乎？夫意其必来而纵之，是上贼下之情也⑦；意其必免而复来，是下贼上之心也。吾见上下交相贼，以成此名也，乌有所谓施恩德与夫知信义者哉？不然，太宗施德于天下，于兹六年矣，不能使小人不为极恶大罪，而一日之恩，能使视死如归，而成信义，此又不通之论也。

然则何为而可？曰：纵而来归，杀之无赦，而又纵之，而又来，则可知为恩德之致尔。然此必无之事也。若夫纵而来归，可偶一为之耳；若屡为之，则杀人者皆不死，是可为天下

之常法乎？不可为常者，其圣人之法乎？是以尧、舜、三王之
治⑧，必本于人情；不立异以为高，不逆情以干誉⑨。

----

①唐太宗贞观六年，亲录系囚，见应死者，悯之，纵使归家，
期以来秋来就死；仍敕天下死囚皆纵遣，使至期来诣京师。七年九
月，囚皆自诣朝堂，上皆赦之。　　②苟：苟且。　　③录（lù）：
宽省也。《汉书·隽不疑传》："录囚徒。"注："省录之，知情
状有冤滞与否。"大辟：死刑，见《礼记》。　　④期：冀望。
尤：甚也。　　⑤言太宗纵囚，即以求恩德入人移人之名也。
⑥意：料也，臆度。　　⑦贼：犹盗贼，窥伺人之物而取之。
⑧三王：夏禹商汤周文武也。　　⑨干：求也。《书》："罔违道
以干百姓之誉。"

墓　志

资政殿学士户部侍郎文正范公神道碑铭①

皇祐②四年五月甲子，资政殿学士、尚书户部侍郎汝南文正公薨于徐州③。以其年十有二月壬申，葬于河南尹樊里之万安山下④。

公讳仲淹，字希文。五代之际⑤，世家苏州，事吴越⑥。太宗皇帝时⑦，吴越献其地⑧，公之皇考从钱俶朝京师⑨，后为武宁军掌书记以卒⑩。公生二岁而孤，母夫人贫无依，再适长山朱氏⑪。既长，知其家世，感泣，去之南都⑫，入学舍，扫一室，昼夜讲诵，其起居饮食，人所不堪⑬，而公益自刻苦。居五年，大通六经之旨⑭，为文章，论说必本于仁义。祥符八年⑮，举进士礼部选第一，遂中乙科⑯，为广德军司理参军⑰，始归迎其母以养。及公既贵，天子赠公曾祖苏州粮料判官讳梦龄为太保⑱，祖秘书监讳赞时为太傅⑲，考讳墉为太师，妣谢氏为吴国夫人⑳。

公少有大节，于富贵、贫贱、毁誉、欢戚，不一动其心；而慨然有志于天下。常自诵曰："士当先天下之忧而忧，后天下之乐而乐也。"㉑其事上遇人，一以自信，不择利害为趋舍。其所有为，必尽其力，曰："为之自我者当如是，其成与否，有不在我者，虽圣贤不能必，吾岂苟哉？"

天圣中㉒，晏丞相㉓荐公文学，以大理寺丞㉔为秘阁校理㉕。以言事忤章献太后旨㉖，通判河中府㉗。久之，上记其忠，召拜右司谏㉘。当太后临朝听政时，以至日大会前殿㉙，上将率百官为寿，有司已具，公上疏言："天子无北面，且开后世弱人主以强母后之渐。"其事遂已。又上书请还政天子，不报。及太后崩，言事者希旨，多求太后时事，欲深治之；公独以谓太后受托先帝，保佑圣躬，始终十年，未见过失，宜掩其小故，以全大德㉚。初，太后有遗命，立杨太妃代为太后㉛，公谏曰："太后，母号也，自古无代立者。"由是罢其册命。

是岁，大旱蝗，奉使安抚东南㉜。使还，会郭皇后废㉝，率谏官、御史伏阁争㉞，不能得，贬知睦州㉟。又徙苏州。岁余，即拜礼部员外郎、天章阁待制㊱。召还，益论时政阙失，而大臣权幸，多忌恶之。居数月，以公知开封府㊲。开封素号难治，公治有声。事日益简，暇则益取古今治乱安危，为上开说。又为《百官图》以献，曰："任人各以其材而百职修，尧舜之治，不过此也。"因指其迁进迟速次序，曰："如此，而可以为公，可以为私，亦不可以不察。"由是吕丞相怒㊳，至交论上前，公求对辨，语切，坐落职知饶州㊴。明年，吕公亦罢。公徙润州㊵，又徙越州㊶。而赵元昊反河西㊷，上复召相吕公，乃以公为陕西经略安抚副使㊸，迁龙图阁直学士㊹。

是时，新失大将㊺，延州危㊻，公自请守鄜延捍贼㊼，乃知延州。元昊遣人遗书以求和，公以谓无事请和，难信，且书有僭号，不可以闻，乃自为书，告以逆顺成败之说，甚辩。坐擅复书，夺一官，知耀州㊽。未逾月，徙知庆州㊾。既而四路置帅㊿，以公为环庆路经略安抚招讨使(51)，兵马都部署(52)，累迁谏议大夫、枢密直学士(53)。

公为将，务持重，不急近功小利。于延州筑青涧城(54)，垦营田(55)，复承平、永平废寨(56)，熟羌归业者数万户(57)。于庆州城大顺(58)，以据要害，夺贼地而耕之。又城细腰、葫芦(59)，于是明珠、灭臧等大族(60)，皆去贼为中国用。自边制久隳(61)，至兵与将常不相识。公始分延州兵为六将，训练齐整，诸路皆用以为法。公之所在，贼不敢犯，人或疑公见敌应变为如何。至其城大顺也，一旦引兵出，诸将不知所向，军至柔远(62)，始号令告其地处，使往筑城。至于版筑之用(63)，大小毕具，而军中初不知。贼以骑三万来争，公戒诸将：战而贼走，追勿过河！已而贼果走，追者不渡，而河外果有伏。贼失计，乃引去，于是诸将皆服公为不可及。公待将吏，必使畏法而爱己。所得赐赉(64)，皆以上意分赐诸将，使自为谢。诸蕃质子(65)，纵其出入，无一人逃者。蕃酋来见(66)，召之卧内，屏人彻卫(67)，与语不疑。公居三岁，士勇边实，恩信大洽。乃决策谋取横山(68)，复灵武(69)，而元昊数遣使称臣请和，上亦召公归矣(70)。初，西人籍为乡兵者十数万(71)，既而黥而为军(72)，惟公所部，但刺其臂，公去兵罢，独得复为民。其于两路(73)，既得熟羌为用，使以守边；因徙屯兵就食内地(74)，而纾西人馈輓之劳(75)。其所设施，去而人德之，与守其法不敢变者，至今尤多。

自公坐吕公贬，群士大夫各持二公曲直，吕公患之，凡直公者，皆指为党，或坐窜逐⑦。及吕公复相，公亦再起被用，于是二公欢然相约戮力平贼。天下之士，皆以此多二公，然朋党之论，遂起而不能止⑦。上既贤公可大用，故卒置群议而用之。庆历三年春，召为枢密副使⑦。五让不许，乃就道。既至数月，以为参知政事⑦。每进见，必以太平责之。公叹曰："上之用我者至矣！然事有先后，而革弊于久安，非朝夕可也。"既而上再赐手诏，趣使条天下事⑧。又开天章阁，召见赐坐，授以纸笔，使疏于前。公惶恐避席，始退而条列时所宜先者十数事上之：其诏天下兴学，取士先德行不专文辞，革磨勘例迁以别能否⑧，减任子之数而除滥官⑧，用农桑、考课、守宰等事。方施行，而磨勘、任子之法，侥幸之人皆不便，因相与腾口⑧。而嫉公者，亦幸外有言，喜为之佐佑⑧。会边奏有警，公即请行，乃以公为河东、陕西宣抚使⑧。至则上书愿复守边，即拜资政殿学士知邠州⑧，兼陕西四路安抚使。其知政事，才一岁而罢；有司悉奏罢公前所施行而复其故。言者遂以危事中之，赖上察其忠，不听。

是时，夏人已称臣，公因以疾请邓州⑧。守邓三岁，求知杭州。又徙青州。公益病，又求知颍州⑧。肩舁至徐，遂不起，享年六十有四。方公之病，上赐药存问。既薨，辍朝一日。以其遗表无所请，使就问其家所欲，赠以兵部尚书⑧，所以哀恤之甚厚。

公为人，外和内刚，乐善泛爱⑨。丧其母时尚贫，终身非宾客，食不重肉。临财好施，意豁如也⑨。及退而视其私，妻子仅给衣食。其为政，所至民多立祠画像。其行己临事，自山林处士，里闾田野之人，外至夷狄，莫不知其名字，而乐道其事者甚众。及其世次、官爵⑨，志于墓⑨，谱于家，藏于有司者，皆不论著；著其系天下国家之大者，亦公之志也欤！

铭曰：

范于吴越，世实陪臣⑨。俶纳山川，及其士民。范始来北，中间几息。公奋自躬，与时偕逢。事有罪功，言有违从。岂公必能，天子用公。其艰其劳，一其初终。夏童跳边⑨，乘吏怠安，帝命公往，问彼骄顽。有不听顺，锄其穴根。公居三年，怯勇隳完。儿怜兽扰⑨，卒俾来臣。夏人在廷，其事方议。帝趣公来，以就予治。公拜稽首，兹惟艰哉！初匪其艰，在其终之。群言营营⑨，卒坏于成。匪恶其成，惟公是倾。不倾不危，天子之明。存有显荣，没有赠谥。藏其子孙，宠及后世。惟百有位，可劝无怠。

----

①资政殿学士：官名。宋真宗景德二年，王钦若罢参政，特置此职以宠之。按宋时殿学士之职，资望极峻，无吏守职掌，惟出入侍从备顾问而已；皆以宠辅臣之去位者。户部侍郎：官名，为户部尚书之贰。户部：掌户口财赋，即今之财政部。文正：范仲淹谥号。神道碑：立于墓前孔道，以纪死者生平，末系以韵语曰铭，铭前散文，即序也。　　②皇祐：宋仁宗年号。　　③户部隶尚书

省，故称尚书户部侍郎。汝南：系仲淹封郡，今河南汝南东南，宋曰蔡州汝南郡。徐州，今江苏铜山，宋属京东西路。　　④河南：今河南洛阳，凡前代帝王所都皆曰尹，宋以河南为西京，故置尹掌治京辅众务。　　⑤五代：后梁、后唐、后晋、后汉、后周。⑥唐昭宗时，钱镠为镇海节度使，并有两浙，后梁太祖，封为吴越王。　　⑦太宗：名光义，宋太祖弟。　　⑧太宗太平兴国三年，吴越王钱俶，上表献其境内十三州、一军、八十六县之地。　　⑨皇考：谓亡父也，皇，大也，生曰父母，死曰考妣。钱俶：文瓘子，镠孙。　　⑩武宁军：即徐州，唐为武宁军节度。掌书记：官名，司节度使笺奏。时陈洪进亦纳土，诏授武宁军节度使。　　⑪长山：今山东邹平县，宋属京东东路淄州府。　　⑫南都：南京，宋以应天府为南京，属京东西路，今河南商丘。　　⑬仲淹少时读书僧舍，日煮粟米二升，作一器，刀画为四，早晚断薤数茎啖之。⑭六经：诗、书、易、礼、乐、春秋。　　⑮祥符：即大中祥符，宋真宗年号。　　⑯宋制，礼部贡举，设进士等科，秋解，冬集，春试，合格及第者，列名放榜于尚书省。乙科，考试科目之称，唐制进士有甲乙二科，乃试题难易之分，非考试种类之目。仲淹举进士，从其母改适之姓，名朱说，后为兖州推官，始复姓更名。⑰广德军：今安徽广德，宋属江南东路。司理参军：官名，宋置，为郡之属官，掌狱讼鞫勘之事。　　⑱粮料判官：官名，唐季以三司大将军为都督粮料使，判官即其僚属，宋初尚缘其制，后始置粮料院主之。太保：宋承唐制，以太师、太保、太傅为三师，为宰相、亲王、使相加官。　　⑲秘书监：官名，宋设秘书省，以监为长官，掌古今经籍图书，及国史、实录、天文、历数之事。　　⑳吴：今淮泗以南，及浙江嘉湖诸地。宋为浙西路。国夫人：妇人封号也，唐制定文武官一品及国公母妻为国太夫人、国夫人，宋因之。　㉑仲淹作《岳阳楼记》有"其必先天下之忧而忧，后天下之乐而乐软"两语，言以天下为己任，故忧常居先，而乐则居后也。　㉒天圣：仁宗年号。　㉓晏丞相：名殊，字同叔，临川人，仁宗时为相。善知人，知应天府时，兴建学校为诸州倡，延仲淹以教生徒。㉔大理寺丞：官名，宋置大理寺推丞四人，断丞六人，分判狱事。㉕秘阁校理：官名，宋太宗端拱元年，诏就崇文院中堂建秘阁，择三馆——史馆、昭文馆、集贤院真本书籍万余卷，及内出古画墨迹藏其中。淳化元年，置校理以掌其事，以京朝官充之。　㉖章献太后：姓刘氏，真宗德妃，攘司寝李氏子为己子，即仁宗也。祥符五年，立为皇后。仁宗立，尊为太后。　㉗通判：官名。宋制，诸州郡有通判，与知府、知州共治政事。河中府：今山西永济市治，宋属陕西永兴军路。　㉘右司谏：官名，属门下省，掌规谏讽谕。　㉙仁宗每以岁旦冬至，率百官上太后寿于会宁殿，遂同御大安殿受朝。　㉚仁宗亲政，言者多追诋太后时事，仲淹以为言，上曰："此亦朕所不忍闻也。"诏戒中外，毋得辄言皇太后垂帘日事。　㉛杨太妃：益州郫人，真宗淑妃，仁宗在乳褓，章献使妃护视，及即位，尊为太妃。　㉜唐制，诸州水旱，则有巡察、安抚诸使巡省天下。宋初不常置，咸平二年始有之。东南：江淮诸路，今江苏、安徽之地。　㉝郭皇后：郭崇女孙，仁宗后，无宠，尚、杨两美人得幸。一日，尚氏在上前语侵后，后忿批之，误批上颊，上大怒，用吕夷简议，废后居长宁宫。　㉞郭后废，御史中丞孔道辅，率谏官仲淹等十人，伏阁请对，不听。　㉟知：知州，官名。宋初分命朝臣出守列郡，号权知军（兵政）州（民政）事，其后文武参为知州军事，掌总理郡政。睦州：今浙江建德，宋属浙西路。　　㊱礼部员外郎：官名。宋制，礼部员外郎一人，参预礼乐、祭祀、朝会、宴享、学校、贡举之事。天章阁待制：官名。宋天禧二年，建天章阁以安真宗御集，天圣八年，置待制，以备侍从顾问，与其他殿阁待制同。　　㊲知：知府，官名。唐制，于京都及创业驻幸之地，特置为府，置知府事。开封府：今河南开封，宋为东京，属京畿路。　　㊳吕丞相：名夷简，字坦夫，寿州人。仁宗时，同平章事，卒谥文靖。　　㊴仲淹上《百官图》，夷简不悦，他日论建都事，夷简言仲淹迂阔，务名无实，仲淹乃献帝王好尚、选贤任能、近名、推委、四论，讥切时弊，夷简诉仲淹越职言事，离间君臣，引用朋党，仲淹对益切，由是坐贬。饶州：今江西波阳，宋属江南东路。　　㊵润州：今江苏镇江，宋属浙西路。㊶越州：今浙江绍兴，宋属浙东路。　　㊷赵元昊：西夏主，本姓拓跋。唐末，拓跋思恭镇夏州，统银、夏、绥、宥、静五州地，封夏国公，赐姓李，传至继捧，纳土于宋。其族弟继迁，降于契丹，封为夏王，后请降，赐姓名赵保吉，嗣复屡叛，传子德明，纳款，封为西平王。仁宗时，元昊嗣位，取夏、银、绥、宥、静、灵、盐、会、胜、甘、凉、瓜、沙、肃诸州，遂称帝，国号大夏。河西，谓黄河以西之地，今陕西、宁夏诸地。　　㊸陕西：今陕西省，宋为陕西永兴军路。经略安抚副使：官名，掌一路兵民之事。帅臣任河东、陕西、岭南诸路，职任绥御戎夷，则为经略安抚使。副使，其贰也。　　㊹龙图阁直学士：官名。祥符中，建龙图阁以奉太宗御书御集，及典籍、图书、宝瑞之物，及宗正寺所进属籍、世谱。景德四年，置直学士。宋制，学士资浅者，为直院，名曰直学士。　㊺康定元年，元昊寇延州，执副总管刘平、石元孙，平骂贼遇害。　㊻延州：今陕西延安治，宋属陕西永兴军路。㊼鄜州：今陕西富县治，宋属陕西永兴军路。　㊽耀州：今陕西耀县治，宋属陕西永兴军路。　㊾庆州：今甘肃庆阳市治，宋属陕西永兴军路。　㊿庆历元年十月，分秦凤、泾源、环庆、鄜延为四路，以韩琦知秦州，王沿知渭州，仲淹知庆州，庞籍知延州，各兼经略安抚招讨使，诏分领之。　(51)环庆路：辖环州、庆州之地，环州，今甘肃环县，宋属陕西永兴军路。庆州见前。经略安抚招讨使：官名，经略安抚见前。招讨：掌招收讨杀盗贼之事。(52)兵马都部署：官名，掌一路禁旅、屯戍、边防训练之政令，即都总管。　(53)谏议大夫：官名，见前右司谏注下。枢密直学士：官名，宋置枢密院，掌军国机务、兵防边备、戎马之政令，出纳密命，以佐邦治。直学士，见前。　(54)青涧城：今陕西清涧，时塞门、丞平诸砦既陷，用种世衡策，于延安东北二百里，故宽州废垒，筑城御贼，赐名青涧。　(55)集流民，官给庐舍，使之为官力田，曰营田。　(56)承平、永平：在今陕西延川县西北，按《九域志》："延川县有永平等九寨。"　(57)熟羌：《宋史》作属羌，羌之归化者。羌：西戎种族名。初元昊阴诱诸羌为助，仲淹行边，犒赏条约之，皆乐为用，呼仲淹为"龙图老子"。　(58)大顺：在今甘肃庆阳市北。　(59)细腰、葫芦：在今甘肃环县西，皆为城寨名，以御西夏而建。　(60)明珠、灭臧：羌种，环原之间，明珠、灭臧、康奴三族为大，其北有二州通西界，仲淹筑细腰城以断其路。　(61)隳（huī）：毁也。　(62)柔远：砦名，在今甘肃庆阳市北。　(63)版筑：筑墙之具，以两版相夹，置土其中，以杵筑之。(64)赉（lài）：赐予也。　(65)诸番：谓西方各族。质子：诸番内附，各遣其子弟来居中国，以取信也。　(66)蕃酋：西方各族的族长。　(67)屏：退。彻：取消。卫：侍卫。　(68)横山：砦名，在今甘肃庆阳市北。　(69)灵武：今宁夏灵武，唐属关内道，宋时没于西夏。　(70)元昊用兵久渐困弊，遣李文贵、贺从勖上书乞和。庆历三年，册封元昊为夏国主，召还韩琦、范仲淹等。　(71)籍：录。乡兵选自户籍，或士民应募，在所团结训练，以为防守之兵。(72)黥：墨刑，刺字于额，涅之以墨。　(73)两路：即环庆、鄜延。(74)屯兵：驻扎之兵。　(75)馈：馈饷；輓：輓粟。谓转输粮食。(76)仲淹贬饶州时，余靖、尹洙、欧阳修等，皆以直仲淹见逐。御史韩缜，请以仲淹朋党榜朝堂，从之。　(77)康定元年，夷简复相，请超迁仲淹，上以为长者。仲淹还朝，亦为书自咎，解仇而去。故修碑文有此数语。时仲淹子尧夫不谓然，自削去一段。修不乐，谓苏洵曰："范公碑为其子弟擅于石本改动文字，令人恨之。"
(78)庆历：仁宗年号。枢密副使：官名，为枢密使之贰。　(79)参知政事：官名，唐制，宰相亦称参知政事，宋以之为副宰相。　(80)趣：催促。条：条陈。　(81)磨勘：考绩。仲淹上十事，一曰："明黜陟，二府非有大功大善者不迁，内外须在职满三年，在京百司，非迁举而授，须通满五年，乃得磨勘。"例迁：循例升迁。　(82)任子：公卿子弟由父兄之荫而得官者。仲淹十事，二曰："抑侥幸，罢少卿监以上乾元节恩泽；正郎以下，若监司边任，须在职满三年，始得荫子；大臣不得荐子弟任馆阁职。"　(83)腾口：张口骋辞貌。　(84)佐佑：谓辅助。　(85)河东：今山西黄河以东诸地，宋为河东路。宣抚使：官名，宋不常置，有军旅大事，则命执政大臣为之。　　⑧邠州：今陕西彬县，宋属陕西永兴军路。　　⑧邓州：今河南邓州市治。宋属京西南路。　　⑧颍州：今安徽阜阳。舁：舆车。　　⑧兵部尚书：官名，宋制，掌兵卫、武选、车辇、甲械、厩牧之政令。　　⑨泛：宽博。《论语》："泛爱众。"⑨豁如：豁达。　　⑨仲淹官爵为："历官推诚保德功臣、资政殿学士、金紫光禄大夫、尚书户部侍郎、护国军、汝南郡开国公，食邑二千三百户，食实封六百户，赠兵部尚书，谥文正，累赠太师，中书令兼尚书令，追封楚国公。"　　⑨仲淹墓志铭，为富郑公弼所撰。　　⑨古者诸侯之大夫，称于天子曰陪臣。　　⑨童：指赵元昊。跳边：谓侵扰边境。　　⑨谓怜之如儿，驯之如兽。扰：驯养。　　⑨《诗》："营营青蝇。"营营：往来貌。喻谗言。

石曼卿墓表①

曼卿讳延年，姓石氏。其上世为幽州人②。幽州入于契丹③，其祖自成，始以其族间走南归，天子嘉其来，将禄之，不可，乃家于宋州之宋城④。父讳补之，官至太常博士⑤。幽燕俗劲武⑥，而曼卿少亦以气自豪。读书不治章句⑦，独慕古人奇节伟行非常之功，视世俗屑屑⑧，无足动其意者。自顾不合于时，乃一混于酒，然好剧⑨饮大醉，颓然自放⑩，由是益与时不合。而人之从其游者，皆知爱曼卿落落⑪可奇，而不知其才之有以用也。年四十八，康定二年三月四日，以太子中允、秘阁校理，卒于京师⑫。

曼卿少举进士不第，真宗推恩⑬，三举进士，皆补奉职⑭。曼卿初不肯就，张文节公⑮素奇之，谓曰："母老乃择禄邪？"曼卿矍⑯然起就之，迁殿直⑰。久之，改太常寺太祝⑱，知济州金乡县⑲。叹曰："此亦可以为政也！"县有治声。通判乾宁军⑳，丁母永安县君李氏忧㉑，服除，通判永静军㉒，皆有能名。充馆阁校勘㉓，累迁大理寺丞，通判海州㉔，还为校理。

庄献明肃太后㉕临朝，曼卿上书请还政天子。其后太后崩，范讽㉖以言见幸，引尝言太后事者，遽得显官；欲引曼卿，曼卿固止之，乃已。

　　自契丹通中国㉗，德明尽有河南而臣属㉘，遂务休兵养息，天下晏然，内外弛武三十余年。曼卿上书言十事，不报。已而元昊反，西方用兵，始思其言，召见，稍用其说。籍河北㉙、河东、陕西之民，得乡兵数十万。曼卿奉使籍兵河东，还，称旨，赐绯衣银鱼㉚。天子方思尽其才，而且病矣。既而闻边将有欲以乡兵捍贼者，笑曰："此得吾粗也，夫不教之兵，勇怯相杂；若怯者见敌而动，则勇者亦牵而溃矣。今或不暇教，不若募㉛其敢行者，则人人皆胜㉜兵也。"其视世事，蔑㉝若不足为，及听其设施之方，虽精思深虑不能过也。

　　状貌伟然，喜酒自豪，若不可绳㉞以法度；退而质其平生趣舍大节㉟，无一悖于理者。遇人无贤愚，皆尽忻欢；及可否天下是非善恶，当㊱其意者无几人。其为文章，劲健称㊲其意气。有子济、滋，天子闻其丧，官其一子，使禄其家。既卒之三十七日，葬于太清之先茔。

　　其友欧阳修表于其墓曰：

　　呜呼！曼卿！宁自混以为高，不少屈以合世，可谓自重之士矣。士之所负者愈大，则其自顾也愈重；自顾愈重，则其合愈难。然欲与共大事，立奇功，非得难合自重之士，不可为也。古之魁雄之人，未始不负高世之志；故宁或毁身污迹㊳，卒困于无闻；或老且死而幸一遇，犹克㊴少施于世。若曼卿者，非徒与世难合，而不克所施，亦其不幸不得至乎中寿㊵，其命也夫！其可哀也夫！

----

①墓表：即墓碑，为文以表其人，故曰表。　②幽州：今河北大兴县西南，唐属河北道，后唐州名。　③后晋天福元年，石敬瑭即位，割燕云等十六州之地赂契丹，幽州始入于辽。　④宋州：今河南商丘县南，宋升为应天府，号南京，属京西路。宋城：今河南商丘南，宋属应天府。　⑤太常博士：官名，宋置太常寺博士四人，掌定五礼仪式，撰定谥文，监视祠事仪物，掌凡导引之事。　⑥燕：今北京昌平治。劲：刚健。　⑦章句：言分其章节句读，汉夏侯胜非其从子建，曰："建所谓章句小儒，破碎大道。"　⑧屑屑：烦细。　⑨剧：多。　⑩颓然：颓放不羁貌。　⑪落落：不相合貌，又坦白率真。　⑫康定：宋仁宗年号。太子中允：官名，太子官属，后汉置，宋以为阶官。　⑬真宗：名恒，宋太宗子。　⑭真宗时，录三举进士，以为三班奉职，曼卿为右班殿直。三班奉职，官名，宋时武臣职官，分为三班：曰东班，西班，横班，凡仕者先为三班借职，转三班奉职，以次递迁至节度使。　⑮张文节公：名知白，字用晦，沧州清池人。真宗时，参知政事，迁枢密副使，仁宗朝，以工部尚书、同平章事。　⑯矍：受惊的样子。　⑰殿直：官名，宋置，武臣之侍值殿廷者，有左班右班之分。　⑱太常寺太祝：官名，宋置太常寺太祝一名，掌读册辞，授抟黍，以赮告饮福，则进爵酌酒，受其虚爵。　⑲济州：今山东济宁治，宋属京东西路。金乡县，今山东金乡县治，宋属济州。　⑳乾宁军：今河北青县治，宋属河北东路。　㉑永安县：今河南巩县西南，宋属京西北路河南府。县君：妇人封号，宋制文武官五品母为县太君妻为县君。　㉒永

静军：今河北东光县治，宋属河北东路。　　㉓馆阁校勘：官名，宋制以昭文馆、史馆、集贤院为三馆；阁，指秘阁及天章龙图诸阁而言。皆藏经籍图书及御集，置修撰、直馆阁、校理、校勘等官以司之。　　㉔海州：今江苏东海县治，宋属淮南东路。　　㉕庄献明肃太后：即真宗刘后，仁宗即位，尊为皇太后。　　㉖范讽：字补之，齐州人。仁宗时，官御史中丞。　　㉗契丹：国名，东胡种，后梁时，耶律阿保机，并有契丹八部，破奚及渤海。侵室韦及女真。奄有今东三省、内蒙古、蒙古国及河北北部之地。宋初屡入寇，景德元年，真宗自将御之于澶州，结盟罢兵，以兄礼事帝，宋岁赠银十万两，绢二十万匹，自是通问不绝。　　㉘德明：西夏主，赵元昊之父宋封为西平王。河南：即黄河以南，环庆、灵武诸地。　　㉙河北：即今河北及河南、山东，黄河以北之地，宋为河北路。　　㉚绯衣银鱼：唐制，四品官服深绯，五品官服浅绯。鱼，鱼袋，亦唐制，始曰鱼符，左一右二，左者进内，右者随身，刻官姓名，出入合之，以为符契，因盛以袋，故曰鱼袋。宋因之，以金银饰为鱼形，公服则系于带而垂于后，以明贵贱。凡服绯者饰以银，故曰银鱼。　　㉛募：召集，召集志愿当兵者，给以直，使常任兵役，谓之募兵。　　㉜胜（shēng）：任也。　　㉝蔑：小，轻视之意。　　㉞绳：所以为直之具，犹度也。　　㉟质：问也。趣：与"趋"通。舍：舍弃。　　㊱当：合也。　　㊲称（chèn）：合，适宜。　　㊳毁身污迹：谓佯狂自秽。　　㊴克：能。　　㊵中寿，见《左传》、《庄子》："中寿八十。"《淮南子》："凡人中寿七十岁。"

河南府司录张君墓表①

　　故大理寺丞、河南府司录张君，讳汝士，字尧夫，开封襄邑人也②。明道二年八月壬寅③，以疾卒于官，享年三十有七。卒之七日，葬洛阳北邙山下④，其友人河南尹师鲁志其墓⑤，而庐陵欧阳修为之铭⑥。以其葬之速也，不能刻石，乃得金谷古砖⑦，命太原王顾以丹为隶书⑧，纳于圹中⑨。

　　嘉祐二年某月某日⑩，其子吉甫、山甫改葬君于伊阙之教忠乡积庆里⑪。君之始葬北邙也，吉甫才数岁，而山甫始生，余及送者相与临穴，视窆且封⑫，哭而去。今年春，余主试天下贡士⑬，而山甫以进士试礼部，乃来告以将改葬其先君，因出铭以示余，盖君之卒，距今二十有五年矣。

　　初天圣、明道之间，钱文僖公守河南⑭。公，王家子，特以文学仕至贵显，所至多招集文士。而河南吏属，适皆当时贤材知名士⑮，故其幕府⑯号为天下之盛，君其一人也。文僖公善待士，未尝责以吏职；而河南又多名山水，竹林茂树，奇花怪石，其平台清池上下，荒墟草莽之间，余得日从贤人长者，赋诗饮酒以为乐⑰。而君为人静默修洁，常坐府治事，省文书，尤尽心于狱讼。初以辟为其府推官⑱。既罢，又辟司录。河南人多赖之，而守尹屡荐其材。君亦工书，喜为诗，闲则从余游。其语言简而有意，饮酒终日不乱，虽醉未尝颓坠。与之居者，莫不服其德。故师鲁之志曰："饬⑲身临事，余尝愧尧夫，尧夫不余愧也。"

始君之葬，皆以其地不善；又葬速，其礼不备。君夫人崔氏有贤行，能教其子；而二子孝谨，克自树立，卒能改葬君如吉卜，君其可谓有后矣。自君卒后，文僖公得罪，贬死汉南⑳；吏属亦各引去。今师鲁死且十余年，王顾者死亦六七年矣；其送君而临穴者，及与君同府而游者，十盖八九死矣；其幸而在者，不老则病且衰，如予是也。呜呼！盛衰生死之际，未始不如是，是岂足道哉！惟为善者能有后，而托于文字者，可以无穷。故于其改葬也，书以遗其子，俾碣㉑于墓，且以写余之思焉。吉甫今为大理寺丞、知缑氏县㉒；山甫始以进士赐出身云㉓。翰林学士、右谏议大夫、史馆修撰欧阳修撰㉔。

---

①司录：官名，为州郡之属官，宋置河南府司录参军一人，折户婚之讼，而通书六曹之案牒。　②襄邑：今河南睢县治，宋属开封府。　③明道：宋仁宗年号。　④北邙山：在河南洛阳东北，自汉以后，王公贵人多葬此。　⑤尹师鲁：名洙，仁宗时，官天章阁待制，坐范仲淹党，贬监郓州酒税，后迁至龙图阁直学士。　⑥庐陵：今江西吉安市治，宋属江南西路吉州府。⑦金谷：在洛阳西，晋石崇有园在其地。　⑧丹：朱砂也。隶书：秦程邈所作，系增减大篆体，去其繁复，以使官狱职务。按，以丹书碑，自汉蔡邕书《石经》始，故后世称书志铭曰书丹。

⑨圹：墓穴。　　⑩嘉祐：仁宗年号。　　⑪伊阙：在洛阳南，即龙门山，两山相对，望之如阙，伊水历其间而北流，故名。

⑫窆（biǎn）：棺下葬。封：聚土掩埋。　　⑬嘉祐二年，修权知礼部贡举。　　⑭钱文僖公：名惟演，字希圣，吴越王俶次子。天圣八年，判河南府。　　⑮时修及尹洙、梅尧臣、谢绛、张先等，咸在惟演幕下，皆一时知名之士。　　⑯行军无府署，张帐幕以居，故曰幕府。后世凡行政官之记室皆称之。　　⑰修尝与谢绛游嵩山，归抵龙门，惟演遣吏以厨传歌妓至，曰："山行良劳，当少留赏雪，府事简，毋遽归也。"　　⑱辟：征召。推官：官名，唐置，为节度、观察两使之僚属，其后诸州皆置，亦曰军事推官，其次则衙推，宋因之。　　⑲饬（chì）：谨慎。　　⑳惟演以妹妻刘美，乃庄献太后姻家。太后崩，惟演不自安，请以庄献、庄懿两太后并配真宗庙室，以希帝意。又为其子暖娶郭后妹。继又欲与庄懿太后族为婚。御史中丞范讽劾之，因落平章事，为崇信军节度使，归武胜军本镇，未几卒。武胜军，今四川武胜县治，在汉水之南，故云汉南。　　㉑碣：圆硕之碑。　　㉒缑氏县：今河南偃师市南，宋属京西路，河南府。　　㉓出身：谓入仕之途。宋《亲试进士条例》：考第之制凡五等，一二等曰及第，三等曰出身，四五等曰同出身。　　㉔翰林学士：官名，唐初置翰林院，为内廷供奉之所，玄宗别置学士院，后遂兼翰林之称，为翰林学士，侍直禁廷，专司制诰。史馆修撰：官名，掌修撰国史。

胡先生墓表①

　　先生讳瑗②，字翼之，姓胡氏。其上世为陵州人③，后为泰州如皋人④。

　　先生为人师，言行而身化之，使诚明者达，昏愚者励，而顽傲者革；故其为法严而信，为道久而尊。师道废久矣；自明道、景祐⑤以来，学者有师，惟先生暨泰山孙明复、石守道三人⑥，而先生之徒最盛。

　　其在湖州⑦之学，弟子去来常数百人，各以其经转相传授。其教学之法最备⑧，行之数年，东南之士莫不以仁义礼乐为学。庆历四年，天子开天章阁，与大臣讲天下事，始慨然诏州县皆立学⑨。于是建太学于京师，而有司请下湖州，取先生之法以为太学法，至今著为令⑩。后十余年，先生始来居太学，学者自远而至，太学不能容，取旁官宇以为学舍。礼部贡举，岁所得士，先生弟子十常居四五；其高第者，知名当时，或取甲科，居显仕；其余散在四方，随其人贤愚，皆循循雅饬。其言谈举止，遇之不问可知为先生弟子；其学者相语称先生，不问可知为胡公也。

　　先生初以白衣见天子，论乐⑪，拜秘书省校书郎⑫，辟丹州军事推官⑬，改密州观察推官⑭。丁父忧，去职。服除，为保

宁军节度推官⑮，遂居湖学。召为诸王宫教授⑯，以疾免。已
而以太子中舍致仕⑰，迁殿中丞于家⑱。

皇祐中，驿⑲召至京师议乐，复以为大理评事兼太常寺主
簿⑳，又以疾辞。岁余，为光禄寺丞、国子监直讲㉑，乃居太
学，迁大理寺丞，赐绯衣银鱼。嘉祐元年，迁太子中允，充天
章阁侍讲，仍居太学㉒。已而病不能朝，天子数遣使者存问，
又以太常博士致仕。

东归之日，太学之诸生与朝廷贤士，送之东门，执弟子
礼，路人嗟叹以为荣。以四年六月六日，卒于杭州，享年六十
有七。以明年十月五日，葬于乌程何山之原㉓。其世次、官
邑，与其行事，莆阳蔡君谟具志于幽堂㉔。

呜呼！先生之德在乎人，不待表而见于后世！然非此无以
慰学者之思，乃揭于其墓之原㉕。六年八月三日，庐陵欧阳修
述。

----

①胡先生：胡瑗，学者称安定先生。　　②瑗：音 yuàn。
③陵州：今四川仁寿，宋为仙井监，属成都府路。　　④泰州：今
江苏姜堰，宋属淮南东路。如皋：今江苏如皋。按《宋史·胡瑗
传》，作泰州海陵人，海陵即姜堰。　　⑤景祐：宋仁宗年号。
⑥泰山：东岳，为五岳之一，在山东泰安北。孙明复：名复，晋州
平阳人，举进士不第，退居泰山，学《春秋》，著《尊王发微》十
二篇，除秘书省校书郎，国子监直讲，累迁殿中丞，卒。石守道：
名介，兖州奉符人，学者称徂徕先生。　　⑦湖州：今浙江湖州，

宋属浙西路。　　⑧瑷为湖州教授，设经义、治事两斋。经义斋，择疏通有器局者居之；治事斋，人治一事，又兼一事，如边防水利之类。　　⑨时范仲淹欲复古劝学，数以为言，仁宗诏近臣议，宋祁等奏宜教士于学校，乃诏天下州县皆立学。　　⑩是年诏以锡庆院为太学；并诏下湖州，取瑷法，著为令式。　　⑪景祐初，更定雅乐，仲淹荐瑷，白衣对崇政殿，与阮逸同较钟律，分造钟磬各一簴。　　⑫秘书省：掌图籍之官署，宋置校书郎四人，任校雠撰述之职。　　⑬丹州：今陕西宜川县治，宋属陕西永兴军路。　　⑭密州：今山东诸城，宋属京东东路。观察：官名，唐为节度兼职，无节度之州，亦特设之。　　⑮保宁军：今浙江金华，宋属浙东路。节度：官名，唐置，统一道或数州军民政令，宋制节度观察，皆兼判遥领之官，但为虚衔而已。　　⑯宋制，亲王府皆有教授、小学教授等官。　　⑰太子中舍：官名，即中舍人，为东宫官属。　　⑱殿中丞：官名，宋制，殿中省掌天子玉食、医药、服御、舆辇之政令，置丞一人为属官。　　⑲驿：马递。古为传达文书之所，设驿丞掌其事，时更铸太常钟磬，驿召瑷，与近臣太常官，议于秘阁。　　⑳评事：官名，掌平决刑狱，属大理寺。主簿：官名，为各监寺及州郡之僚属，掌文书簿籍。时宋祁请增置太掌寺主簿一人，勾检在寺文书，及掌出纳，遂除瑷为之。　　㉑光禄寺丞：官名，宋制，光禄寺掌祭祀、朝会、宴享、酒醴之事，置丞一人。国子监：即国学。直讲：官名，掌佐博士助教，以经术讲授。　　㉒天章阁侍讲：官名，庆历七年，置天章阁学士、直学士、侍讲等官。　　㉓乌程：今浙江湖州，宋属湖州府。何山：在县南十四里，晋太守何楷读书于此，故名。　　㉔莆阳：今福建仙游县治，宋属福建路，以在莆田县之南，故曰莆阳。蔡君谟：名襄，仙游人，天圣中进士，累官知谏院，至端明殿学士，卒，谥忠惠，工书，有《忠惠集》行世。幽堂：墓冢。唐韩愈《刘统军碑》："有谥，有诔，有幽堂之铭。" ㉕揭：表示。

泷冈阡表①

　　呜呼！惟我皇考崇公卜吉于泷冈之六十年②，其子修始克表于其阡，非敢缓也，盖有待也。

　　修不幸，生四岁而孤。太夫人守节自誓，居贫自力于衣食，以长以教，俾至于成人③。太夫人告之曰："汝父为吏廉，而好施与，喜宾客；其俸禄虽薄，常不使有余，曰：'毋以是为我累。'故其亡也，无一瓦之覆，一垄④之植，以庇而为生。吾何恃而能自守邪？吾于汝父，知其一二，以有待于汝也。自吾为汝家妇，不及事吾姑，然知汝父之能养也，汝孤而幼，吾不能知汝之必有立，然知汝父之必将有后也。吾之始归也⑤，汝父免于母丧方逾年；岁时祭祀，则必涕泣曰：'祭而丰，不如养之薄也！'间御⑥酒食，则又涕泣曰：'昔常不足，而今有余，其何及也！'吾始一二见之，以为新免于丧适然耳；既而其后常然，至其终身未尝不然。吾虽不及事姑，而以此知汝父之能养也。汝父为吏，尝夜烛治官书⑦，屡废而叹，吾问之，则曰：'此死狱也，我求其生不得耳。'吾曰：'生可求乎？'曰：'求其生而不得，则死者与我皆无恨也，矧⑧求而有得耶。以其有得，则知不求而死者有恨也。夫常求之生，犹失之死，而世常求其死也。'回顾乳者，剑⑨汝而立于旁，因指而叹曰：'术者谓我岁行在戌将死⑩，使其言然，吾不及见儿之立也，后当以我语告之。'其平居教他子弟，常用此语，吾耳熟焉，故能详也。其施于外事，吾不能知；其居于家，无所矜饰⑪，而所为如此，是真发于中者邪。呜呼！其心厚于物者邪！此吾知汝父之必将有后也。汝其勉之！夫养不必丰，要于孝；利虽不得溥于物⑫，要其心之厚于仁。吾不能教汝，此汝父之志也。"修泣而志之⑬，不敢忘。

　　先公少孤力学。咸平三年⑭，进士及第。为道州判官⑮，泗、绵二州推官⑯，又为泰州判官。享年五十有九。葬沙溪之泷冈⑰。太夫人姓郑氏，考讳德仪，世为江南名族。太夫人恭俭仁爱而有礼，初封福昌县太君⑱，进封乐安、安康、彭城三郡太君⑲。自其家少微⑳时，治其家以俭约，其后常不使过之，曰："吾儿不能苟合于世，俭薄所以居患难也。"其后修贬夷陵㉑，太夫人言笑自若，曰："汝家故贫贱也，吾处之有素矣；汝能安之，我亦安矣。"

　　自先公之亡二十年，修始得禄而养㉒。又十有二年，列官于朝㉓，始得赠封其亲。又十年，修为龙图阁直学士、尚书吏部郎中、留守南京㉔，太夫人以疾终于官舍，享年七十有二。又八年，修以非才，入副枢密，遂参政事㉕。又七年而罢㉖。自登二府㉗，天子推恩，褒其三世；盖自嘉祐以来，逢国大庆，必加宠锡。皇曾祖府君㉘，累赠金紫光禄大夫、太师、中书令㉙。曾祖妣累封楚国太夫人㉚。皇祖府君累赠金紫光禄大夫、太师、中书令兼尚书令㉛。祖妣累封吴国太夫人。皇考崇公累赠金紫光禄大夫、太师、中书令兼尚书令。皇妣累封越国太夫人㉜。今上初郊㉝，皇考赐爵为崇国公，太夫人进号魏国㉞。

于是小子修泣而言曰：呜呼！为善无不报，而迟速有时，此理之常也！惟我祖考，积善成德，宜享其隆；虽不克有于其躬；而赐爵受封；显荣褒大，实有三朝㉟之锡命。是足以表见于后世，而庇赖其子孙矣。乃列其世谱，具刻于碑。既又载我皇考崇公之遗训，太夫人之所以教，而有待于修者，并揭于阡。俾知夫小子修之德薄能鲜，遭时窃位；而幸全大节，不辱其先者，其来有自。熙宁三年㊱，岁次庚戌，四月辛酉朔十有五日乙亥，男推诚保德崇仁翊戴功臣、观文殿学士、特进、行兵部尚书、知青州军州事兼管内劝农使㊲，充京东东路安抚使、上柱国、乐安郡开国公、食邑四千三百户、食实封一千二百户修表㊳。

----

①泷冈：在今江西永丰县南凤凰山，宋属江南西路吉州。阡：墓道。　②修父名观，字仲宾，封崇国公。崇，在今陕西境。　③修四岁父卒，叔晔为随州推官，母郑氏，携修往依之，贫无资，以荻画地，教之书字。　④垄：田中高地。　⑤妇人谓嫁为归。　⑥御：进。　⑦官书：治狱之书。　⑧翃（shēn）：何况。　⑨剑：提抱小儿之状，谓挟于胁下如带剑，见《礼记》"负剑辟咡诏之"疏。　⑩术者：谓操星算之术者。岁：太岁，即木星，约十二年一周天，故古者以其经行躔次，分为十二辰，以纪年。按，修父卒于祥符三年庚戌。　⑪矜饰：矜夸矫饰。

⑫溥：大，此广施之义。　　⑬志：记。　　⑭咸平：宋真宗年号。　　⑮道州：今湖南道县治，宋属荆湖南路。判官：官名，宋节度观察诸使，皆有判官为之僚属，以判公事。　　⑯泗州：今安徽泗县治，宋属淮南东路。绵州：今四川绵阳市治，宋属成都府路。　　⑰沙溪：在江西永丰凤凰山下。　　⑱福昌：今河南宜阳县治，宋属京西北路河南府。　　⑲乐安：今山东惠民县南，宋为河北东路棣州。安康：今陕西汉阴县西，宋为京西南路金州。彭城，今江苏铜山县治，宋为京东西路徐州。宋制，文武官四品，母曰郡太君。　　⑳微：衰。　　㉑景祐三年，范仲淹贬官，修贻书责司谏高若讷不论救，高上其书，坐贬夷陵令。夷陵：今湖北宜昌市治，宋属荆湖北路峡州府。　　㉒天圣八年，修举进士，授将仕郎，试秘书省校书郎，充西京留守推官。　　㉓庆历三年，修以太常丞、知谏院，未几，拜右正言、知制诰。　　㉔吏部郎中：官名，宋置吏部郎中四人，参掌吏部选事，吏部属尚书省，故称尚书吏部郎中。留守：官名，宋制，西、南、北三京，皆置留守，以知府事兼之，掌宫钥，及京城守卫、修葺、弹压之事，畿内钱谷兵民之政皆属焉。　　㉕嘉祐五年，修拜枢密院副使，六年，参知政事。　　㉖神宗治平元年，修出知亳州。　　㉗宋以中书省、枢密院为二府，文事出中书，武事出枢密。　　㉘府君：为人子叙述先世，尊之之称。　　㉙金紫光禄大夫：官名，金紫谓金印紫绶，宋为正二品散官。中书令：为中书省之长官，唐为宰相之职，宋为赠官。　　㉚楚：今湖北境。　　㉛尚书令：为尚书省之长官，唐为相职，宋为赠官。　　㉜越：今浙江境。　　㉝今上：谓神宗，名顼，英宗子。郊：祭天。　　㉞魏：今河南北部山西西南之地。

㉟三朝：仁宗、英宗、神宗。　㊱熙宁：神宗年号。　㊲宋因唐制，以功臣名号赐予臣僚，上加推忠、翊戴……诸字。观文殿学士：官名，观文殿为延恩殿所改名，即殿名置学士，位资政殿学士上，以宠辅臣之去位者任之。特进：官名，汉置，位三公下，宋为从一品散官。劝农使：官名，系兼领使职，掌劝课农桑之事。

㊳京东东路：宋置，统青、密、沂、登、莱、淄、潍诸州之地，今山东境。上柱国：官名，宋制，勋官一十二，最尊者曰上柱国，正二品。开国公：封爵名，宋制，爵一十二，自王以下，六曰开国公，七曰开国郡公，正二品。宋制，封爵之差，食邑自二百户至一万户，凡十四等。食实封一百户至一千户，凡七等。

张子野墓志铭①

　　吾友张子野既亡之二年，其弟充以书来请曰："吾兄之丧，将以今年三月某日葬于开封，不可以不铭；铭之莫如子宜！"呜呼！予虽不能铭，然乐道天下之善以传焉！况若吾子野者，非独其善可铭；又有平生之旧，朋友之恩，与其可哀者，皆宜见于予文，宜其来请于予也。

　　初，天圣九年，予为西京留守推官。是时，陈郡谢希深、南阳张尧夫与吾子野，尚皆无恙②。于时一府之士，皆魁杰贤豪，日相往来，饮酒歌呼，上下角逐③，争相先后以为笑乐。而尧夫、子野，退然其间，不动声色，众皆指为长者。予时尚少，心壮志得，以为洛阳东西之冲④，贤豪所聚者多，为适然耳。其后去洛来京师⑤，南走夷陵并江汉⑥，其行万三四千里，山砠水厓⑦，穷居独游，思从曩⑧人，邈⑨不可得。然虽洛人，至今皆以谓无如向时之盛。然后知世之贤豪不常聚，而交游之难得，为可惜也。初在洛时，已哭尧夫而铭之；其后六年，又哭希深而铭之；今又哭吾子野而铭。于是又知非徒相得之难，而善人君子，欲使幸而久在于世，亦不可得。呜呼！可哀也已！

　　子野之世，曰赠太子太师⑩，讳某，曾祖也。宣徽北院使⑪、枢密副使，累赠尚书令，讳逊，皇祖也。尚书比部郎中⑫，讳敏中，皇考也。曾祖妣李氏，陇西郡⑬夫人。祖妣宋氏，昭化郡⑭夫人，孝章皇后⑮之妹也。妣李氏，永安县太君。

　　子野家联后姻，世久贵仕，而被服操履，甚于寒儒。好学自力，善笔札⑯。天圣二年举进士，历汉阳军司理参军、开封府咸平主簿、河南法曹参军⑰。王文康公、钱思公、谢希深与今参知政事宋公⑱，咸荐其能。改著作佐郎、监郑州酒税⑲，知阆州阆中县⑳，就拜秘书丞㉑。秩满，知亳州鹿邑县㉒。宝元二年二月丁未㉓，以疾卒于官，享年四十有八。子伸，郊社掌坐㉔，次从，次幼，未名。女五人，一适人矣。妻刘氏，长安县君㉕。

　　子野为人，外虽愉怡㉖，中自刻苦。遇人浑浑不露圭角㉗，而志守端直，临事果决。平居酒半，脱冠垂头，童然秃且白矣㉘。予固已悲其早衰，而遂止于此，岂其中亦有不自得者耶？子野讳先，其上世博州高堂人㉙；自曾祖已来，家京师而葬开封，今为开封人也。

　　铭曰：

　　嗟夫子野！质厚材良！孰屯其亨？孰短其长㉚？岂其中有不自得，而外物有以戕㉛？开封之原，新里之乡，三卜于此，其归其藏㉜。

----

　　①墓志铭：志墓文之埋于墓中者，用两方石相合，一刻志铭，一题死者姓氏爵里，放于枢前。　　②陈郡：今河南淮阳县治，宋

属京西北路。谢希深：名绛，富阳人。以文学知名，累官至兵部员外郎，爵至阳夏男，用其封，故复为陈郡人。恙：病。《风俗通》："恙，噬虫，能食人心，古时草居多被所毒，故相见劳问曰'无恙'。" ③角逐：竞胜负。 ④冲：通行大道。

⑤景祐元年，修西京秩满如京师，充馆阁校勘。 ⑥并：依傍。修贬夷陵令，后移乾德令，今湖北老河口市，皆在长江汉水流域。

⑦砠（jū）：土山戴石。厓（yá）：与"涯"通，水边。 ⑧曩：昔。 ⑨邈：远也，渺也。 ⑩太子太师：官名，古制东官师傅，有太子太师、太傅、太保、少师、少傅、少保等官，宋不常置，乃赠官。 ⑪宣徽北院使：官名，唐置宣徽南北院使，总领内诸司及三班内侍之籍，郊祀、朝会、宴享供张之事，以宦者为之，后此官日尊，五代及宋，皆以大臣为之。 ⑫尚书比部郎中：官名，魏尚书有比部曹，自是因之；北齐时，属都官尚书；隋改都官为刑部，仍以比部属焉；宋置郎中一人，掌勾覆中外账籍等事。 ⑬陇西：今甘肃陇西，宋为陕西永兴军路巩州府。

⑭昭化：今属四川广元市利州区，宋属利州路。 ⑮孝章皇后：左卫上将军宋偓女，宋太祖开宝元年，纳为后。 ⑯笔札：犹言纸笔。札：牒也。古无纸，文字书于小木简，谓之札。 ⑰汉阳军：今湖北汉阳，宋属荆湖北路。咸平：今河南通许，宋属河南府。法曹参军：官名，即司法参军，为州郡之僚属，掌议法断刑。⑱王文康公：名曙，字晦叔，河南人，仁宗时，累官枢密使，同平章事。钱思公：即钱惟演，惟演卒，太常请谥文墨，其家诉于朝，诏章得象等议改谥思，后又改谥文僖。宋公：名庠，初名郊，字公序，雍丘人，仁宗时同平章事，卒谥元献。 ⑲著作佐郎：官

名，隶秘书省，为著作郎之贰，掌修纂日历。郑州：今河南郑州，宋属京西北路。宋置监当官，掌茶盐、酒税、场务、征输及冶铸之事。　　⑳阆州阆中：今四川阆中，宋属利州路。　　㉑秘书丞：官名，宋秘书省置丞一人，参领省事。　　㉒亳州：今安徽亳州，宋属淮南东路。鹿邑：今河南鹿邑，宋属亳州。　　㉓宝元：宋仁宗年号。　　㉔郊社掌坐：官名，宋置郊社令，掌巡四郊及社稷坛壝扫除之事。掌坐，盖其属也。　　㉕长安：今陕西西安，宋属陕西永兴军路京兆府。　　㉖愉怡：和悦。　　㉗浑浑：浑朴之意。圭角：犹言锋芒，喻人之锋棱峭厉者。　　㉘童：年老顶秃。㉙博州：今山东聊城，宋属河北东路。高堂：今山东高唐县，宋属博州。　　㉚二语谓子野应亨而竟困，应寿考而短命，谁实使之？伤之之词。屯：卦名，难也。亨：通也。　　㉛戕：残害。㉜归骨肉，藏魂魄，谓葬。

孙明复先生墓志铭

　　先生讳复，字明复，姓孙氏，晋州平阳人也①。少举进士不中，退居泰山之阳，学《春秋》②，著《尊王发微》。鲁③多学者，其尤贤而有道者石介；自介而下，皆以弟子事之。

　　先生年逾四十，家贫不娶。李丞相迪，将以其弟之女妻之④，先生疑焉。介与群弟子进曰：“公卿不下士久矣。今丞相不以先生贫贱，而欲托以子，是高先生之行义也；先生宜因以成丞相之贤名。”于是乃许。孔给事道辅⑤，为人刚直严重，不妄与人，闻先生之风，就见之。介执杖屡侍左右，先生坐则立，升降拜则扶之，及其往谢也亦然。鲁人素高此两人，由是始识师弟子之礼，莫不嗟叹之。而李丞相、孔给事亦以此见称于士大夫。

　　其后介为学官⑥，语于朝曰：“先生非隐者也，欲仕而未得其方也。”庆历二年，枢密副使范仲淹、资政殿学士富弼⑦言其道德经术，宜在朝廷，召拜校书郎、国子监直讲。尝召见迩英阁⑧说诗，将以为侍讲；而嫉之者⑨言其讲说多异先儒，遂止。七年，徐州孔直温以狂谋捕治⑩，索其家，得诗，有先生姓名，坐贬监处州商税⑪，徙泗州，又徙知河南府长水县⑫，签署应天府判官公事⑬，通判陵州。翰林学士赵槩等十余人上⑭

言:"孙某行为世法,经为人师,不宜弃之远方。"乃复为国子监直讲。以嘉祐二年七月二十四日,以疾卒于官,享年六十有六。官至殿中丞。

先生在太学时,为大理评事。天子临幸,赐以绯衣银鱼。及闻其丧,恻然,予其家钱十万;而公卿大夫、朋友、太学之诸生,相与吊哭,赙⑮治其丧。于是以其年十月二十七日,葬先生于郓州须城县卢泉乡之北扈原⑯。

先生治《春秋》⑰,不惑传注,不为曲说以乱经⑱,其言简易,明于诸侯大夫功罪,以考时之盛衰,而推见王道之治乱,得于经之本义为多。方其病时,枢密使韩琦⑲,言之天子,选书吏,给纸笔,命其门人祖无择⑳就其家,得其书十有五篇,录之藏于秘阁。先生一子大年,尚幼。

铭曰:

圣人既殁经更焚,逃藏脱乱仅传存㉑。众说乘之汩㉒其原,怪迂㉓百出杂伪真。后生牵卑习前闻,有欲患之寡攻群,往往止燎以膏薪㉔。有勇夫子㉕辟浮云,刮摩蔽蚀相吐吞,日月卒复光破昏。博哉功利无穷垠,有考其不在斯文。

----

①晋州平阳:今山西临汾,宋为平阳府,属河东路。　②《春秋》:本鲁史记之名,经孔子删定,自鲁隐公元年,至哀公十四年,凡十二公,二百四十二年,编年之史也。　③鲁:今山东境。　④李丞相迪:字复古,濮州鄄城人,累官资政殿大学士,同平章事,卒谥文定。妻(qì):以女嫁人曰妻之。　⑤孔给事

道辅：字原鲁，孔子四十五世孙，累官龙图阁直学士，给事中，御史中丞。　　⑥介后为国子监直讲。　　⑦富弼：字彦国，河南人，仁宗时与文彦博并相，天下称为富文，卒谥文忠。　　⑧迩英阁：在崇政殿西南，为侍臣讲读之所。　　⑨嫉之者：指杨安国。⑩孔直温：徐州狂人，谋反，事觉，伏诛。　　⑪处州：今浙江丽水，宋属浙东路。按《宋史》本传作"坐贬虔州监税"。虔州：今江西赣县，宋属江南西路。　　⑫长水：今河南洛宁，宋属河南府。　　⑬宋有签书判官厅公事，是为幕职，简称签判，其衙署谓之签厅，各州皆置，掌赞神郡政，总理诸案文移，斟酌可否，以白于其长而罢行之。　　⑭赵槩：字叔平，累官枢密使，参知政事，卒谥康靖。　　⑮赗：以财助丧葬。　　⑯郓州：今山东郓城县东，宋为京东西路东平府。须城：今山东东平，宋属东平府。庐泉乡：在东平东北。　　⑰《春秋》三传：《左氏传》，左丘明著，晋杜预注；《公羊传》，公羊高著，汉何休注；《穀梁传》，穀梁赤著，晋范宁注。　　⑱曲说：谓偏于一隅之说。　　⑲韩琦：字稚圭，相州人，与范仲淹同讨西夏，天下称为韩范，嘉祐时同平章事，卒谥忠献。　　⑳祖无择：字择之，上蔡人，累官秘书监、集贤院学士。　　㉑谓孔子既没，六经经秦火之后，儒生逃散，或藏书于壁，仅乃获传也。　　㉒泪：乱也。　　㉓迂：曲也。　　㉔燎：火焚。《书》："若火之燎于原。"止燎以膏薪，谓欲止之而焰反炽。　　㉕有勇夫子：指孙明复。

黄梦升墓志铭

　　予友黄君梦升，其先婺州金华人①，后徙洪州之分宁②。其曾祖讳元吉，祖讳某，父讳中雅，皆不仕。黄氏世为江南大族③，自其祖父以来，乐以家赀赈乡里，多聚书以招四方之士。梦升兄弟皆好学，尤以文章意气自豪。予少家随州④，梦升从其兄茂宗官于随。予为童子，立诸兄侧，见梦升年十七八，眉目明秀，善饮酒谈笑，予虽幼，心已独奇梦升。

　　后七年，予与梦升皆举进士于京师。梦升得丙科⑤，初任兴国军永兴主簿⑥，快快⑦不得志，以疾去。久之，复调江陵府公安主簿⑧。时予谪夷陵令，遇之于江陵。梦升颜色憔悴，初不可识；久而握手嘘欷⑨，相饮以酒，夜醉起舞，歌呼大噱⑩。予益悲梦升志虽衰，而少时意气尚在也。

　　后二年，予徙乾德令⑪，梦升复调南阳主簿⑫，又遇之于邓。间尝问其平生所为文章几何？梦升慨然叹曰："吾已讳之矣！穷达有命，非此之人不知我，我羞道于世人也。"求之不肯出，遂饮之酒，复大醉，起舞歌呼，因笑曰："子知我者。"乃肯出其文。读之，博辨雄伟，其意气奔放，犹不可御；予又益悲梦升志虽困，而独其文章未衰也。

　　是时谢希深出守邓州，尤喜称道天下士，予因手书梦升文一通⑬，欲以示希深。未及，而希深卒，予亦去邓。后之守邓者，皆俗吏，不复知梦升。梦升素刚，不苟合，负⑭其所有，常怏怏无所施，卒以不得志死于南阳。

梦升讳注，以宝元二年四月二十五日卒，享年四十有二。其平生为文，曰《破碎集》《公安集》《南阳集》，凡三十卷。娶潘氏，生四男二女。将以庆历四年某月某日，葬于董坊之先茔。其弟渭泣而来告曰："吾兄患世之莫吾知，孰可为其铭？"予素悲梦升者，因为之铭曰：

予尝读梦升之文，至于哭其兄子庠之词曰："子之文章，电激雷震；雨雹忽止，阒⑮然灭泯。"未尝不讽诵叹息而不已。嗟夫梦升！曾不及庠！不震不惊，郁塞埋藏。孰与其有，不使其施？吾不知所归咎⑯，徒为梦升而悲！

----

①婺州金华：今浙江金华，宋属浙东路。　②洪州：今江西南昌，宋属江南西路。分宁：今江西修水，宋属洪州。　③江南：为江苏、安徽、江西三省之通称，因在长江之南，故名。④随州：今湖北随州市，宋属京西南路。　⑤丙科：在甲乙科之次。　⑥兴国军永兴：今湖北阳新，宋属江南西路。　⑦怏怏：情不满足。　⑧江陵府：今湖北江陵，宋属荆湖北路。公安：今湖北公安，宋属江陵府。　⑨嘘嚱：叹息。　⑩噱（jué）：大笑。　⑪乾德：今湖北老河口，宋属京西南路光化军。　⑫南阳：今河南南阳，宋属京西南路邓州。　⑬文书首尾全者曰"通"。　⑭负：自负。　⑮阒（qù）然：静貌。⑯咎：归罪之意。《左传》："无所归咎。"

尹师鲁墓志铭

师鲁，河南人，姓尹氏，讳洙。然天下之士，识与不识，皆称之曰师鲁。盖其名重当世，而世之知师鲁者，或推其文学，或高其议论，或多其材能；至其忠义之节，处穷达，临祸福，无愧于古君子，则天下之称师鲁者，未必尽知之。师鲁为文章，简而有法，博学强记，通知古今，长于《春秋》。其与人言，是是非非①，务穷尽道理乃已，不为苟止而妄随，而人亦罕能过也。遇事无难易，而勇于敢为。其所以见称于世者，亦所以取嫉于人②，故其卒穷以死。

师鲁少举进士及第，为绛州正平县主簿、河南府户曹参军、邵武军判官③。举书判拔萃④，迁山南东道⑤掌书记，知伊阳县⑥。王文康公荐其才召试，充馆阁校勘，迁太子中允、天章阁待制。范公贬饶州，谏官、御史不肯言，师鲁上书曰："仲淹臣之师友，愿得俱贬。"贬监郢州⑦酒税，又徙唐州⑧。遭父丧，服除，复得太子中允、知河南县⑨。

赵元昊反，陕西用兵，大将葛怀敏奏起为经略判官⑩。师鲁虽用怀敏辟，而尤为经略使韩公⑪所深知。其后诸将败于好水⑫，韩公降知秦州⑬，师鲁亦徙通判濠州⑭。久之，韩公奏，得通判秦州，迁知泾州⑮，又知渭州兼泾原路经略部署⑯。坐城水洛与边将异议⑰，徙知晋州。又知潞州⑱，为政有惠爱，潞州人至今思之。累迁官至起居舍人、直龙图阁⑲。

师鲁当天下无事时，独喜论兵，为《叙燕》《息戍》二篇⑳，行于世。自西兵起，凡五六岁，未尝不在其间，故其论议益精密，而于西事尤习其详。其为兵制之说，述战守胜败之要，尽当今之利害；又欲训土兵代戍卒，以减边用㉑，为御戎长久之策。皆未及施为，而元昊臣，西兵解严㉒，师鲁亦去而得罪矣。然则天下之称师鲁者，于其材能，亦未必尽知之也。

初，师鲁在渭州，将吏有违其节度者，欲按军法斩之而不果。其后吏至京师，上书讼师鲁以公使钱贷部将㉓，贬崇信军节度副使㉔，徙监均州酒税㉕。得疾，无医药，舁至南阳求医。疾革㉖，凭几而坐，顾稚子在前，无甚怜之色，与宾客言，终不及其私。享年四十有六以卒。

师鲁娶张氏，某县君。有兄源，字子渐，亦以文学知名，前一岁卒。师鲁凡十年间，三贬官；丧其父，又丧其兄；有子四人，连丧其三；女一，适人亦卒；而其身终以贬死。一子三岁，四女未嫁。家无余资，客㉗其丧于南阳不能归，平生故人无远迩皆往赗之，然后妻子得以其柩㉘归河南。以某年某月某日，葬于先茔之次。余与师鲁兄弟交，尝铭其父之墓矣㉔，故不复次其世家焉。

铭曰：

藏之深，固之密。石可朽，铭不灭。

----

①谓是者是之，非者非之。　　②害贤曰嫉，谓其贤于己而恶之。　　③绛州：今山西新绛，宋属河东路。正平县：今山西新绛西南，宋属绛州。户曹参军：官名，掌户籍、赋税、仓库受纳，为州郡之僚属。邵武军：今福建邵武，宋属福建路。　　④书判：即签书判官厅公事。拔萃：系选人期未满，而以试判授官者。　　⑤山南东道：唐置，领荆、襄、邓、唐、随、郢、复、均、房、峡、归、夔、万等州。今河南西南部、湖北北部、四川东部之地，宋初亦置节度，后罢。　　⑥伊阳县：今河南伊阳，宋属京西北路河南府。⑦郢州：今湖北钟祥，宋属京西南路。　　⑧唐州：今河南泌阳，宋属京西南路。　　⑨河南县：今河南洛阳，宋属京西北路河南府。⑩葛怀敏：真定人，节度葛霸子。西兵起，任泾原路副总管兼招讨经略安抚副使，元昊寇镇戎军，怀敏御之，败死。　　⑪韩公：即韩琦，时为陕西经略安抚副使。　　⑫好水：即好水川，今名甜水河，在甘肃隆德县东。庆历元年，元昊寇渭州，琦悉兵付环庆副总管任福，令自怀远趋德胜寨，出敌后；度未可战，即设伏要其归，戒以苟违节制，虽胜亦斩。福与桑怿等竟为元昊诱入伏中，没于好水川。　　⑬秦州：今甘肃天水，宋属陕西秦凤路。福败，夏竦使人收散兵，得琦檄于福衣带间，言罪不在琦，琦亦上章自劾，夺一官，知秦州，寻复之。　　⑭濠州：今安徽凤阳，宋属淮南西路。福败，洙发庆州部将刘政，趋镇戎军赴救，未至，贼引去，竦奏洙擅发兵，降通判濠州。　　⑮泾州：今甘肃泾川，宋属陕西秦凤路。　　⑯渭州：今甘肃陇西西南，宋属陕西秦凤路。泾原路：即泾、原二州之境，今甘肃泾川固原等地。　　⑰水洛：故城在今甘肃庄浪东南阳三水洛二川间。郑戬为陕西四路都总管，遣刘沪、董

士廉城水洛，通秦渭援兵，洙以为城寨多则兵势分，奏罢之。时戬已解四路，而奏沪等督役如故，洙再召之不至，命张忠往代，又不受，乃谕狄青械沪、士廉下吏，戬论奏不已，卒徙洙庆州而城水洛。

⑱潞州：今山西长治，宋为河东路隆德府。　⑲起居舍人：官名，隶中书省，掌记天子言动，即古左右史之职。　⑳宋时西北久安，洙作《叙燕》《息戍》两篇，以为武备不可弛，《叙燕》言燕地足以支虏，宜分兵以守之；《息戍》言屯戍繁费，当籍当地丁民为兵，略如唐府兵之法。　㉑即《息戍》篇所云，增乡兵之数。　㉒解严：谓敌退之后，解弛防务也。　㉓公使钱：官之公费，宋初以前代牧伯，皆敛于民以佐厨传，因制公使钱以给其费。时士廉诣阙上书讼洙，诏遣刺史刘湜就鞫，不得他罪；而洙部将孙用，由军校补边，自京师贷息钱到官，无以偿，洙惜其才，恐以犯罪罢去，尝假公使钱为偿之，又以为尝自贷，因坐贬。　㉔崇信军：唐置，今甘肃崇信，宋后改县，属陕西秦凤路渭州。节度副使：官名，为节度使之属。　㉕均州：今湖北郧县，宋属京西南路。　㉖亟（jí）：急也。　㉗客：寄也。　㉘枢：棺有尸谓之枢。　㉙洙父名仲宣，累官虞部员外郎，景祐四年知郢州，卒，修为墓志铭。

太常博士尹君墓志铭

君讳源，字子渐，姓尹氏。与其弟洙、师鲁，俱有名于当世。其论议文章，博学强记①，皆有以过人。而师鲁好辩，果于有为。子渐为人刚简，不矜饰，能自晦藏。与人居，久而莫知；至其一有所发，则人必惊伏。其视世事，若不干其意，已而榷其情伪②，计其成败，后多如其言。其性不能容常人，而善与人交，久而益笃。自天圣、明道之间，予与其兄弟交，其得于子渐者如此。

其曾祖讳谊，赠光禄少卿③。祖讳文化，官至都官郎中④，赠刑部侍郎⑤。父讳仲宣，官至虞部员外郎⑥，赠工部郎中⑦。子渐初以祖荫⑧，补三班借职⑨。稍迁左班殿直。天圣八年，举进士及第，为奉礼郎⑩。累迁太常博士，历知芮城、河阳二县⑪，签署孟州判官事⑫，又知新郑县⑬，通判泾州、庆州，知怀州⑭。以庆历五年三月十四日，卒于官。

赵元昊寇边，围定川堡⑮，大将葛怀敏发泾原兵救之。君遗怀敏书曰："贼举其国而来，其利不在城堡，而兵法有不得而救者；且吾军畏法，见敌必赴，而不计利害，此其所以数败也。宜驻兵瓦亭⑯，见利而后动。"怀敏不能用其言，遂以败死。刘涣知沧州⑰，杖一卒，不服；涣命斩之以闻。坐专杀，降知密州。君上书为涣论直，得复知沧州。

范文正公常荐君材可以居馆阁，召试，不用，遂知怀州，至期月⑱，大治。是时，天子用范文正公与今观文殿学士富公，武康军节度使韩公⑲，欲更置天下事。而权幸小人不便，三公皆罢去，而师鲁与时贤士，多被诬枉得罪⑳。君叹息忧悲发愤，以谓生可厌而死可乐也。往往被酒㉑，哀歌泣下，朋友皆窃怪之。已而以疾卒，享年五十。至和元年十有二月十三日㉒，其子材葬君于河南府寿安县甘泉乡龙洲里㉓。其平生所为文章六十篇㉔，皆行于世。男四人，曰材、植、机、杼。

呜呼！师鲁常劳其智于事物，而卒蹈㉕忧患以穷死。若子渐者，旷然不有累其心㉖，而无所屈其志；然其寿考亦以不长，岂其所谓短长得失者，皆非此之谓与？其所以然者，不可得而知欤？

铭曰：

有韫于中不以施㉗，一愤乐死其如归。岂其志之将衰？不然，世果可嫉其如斯。

----

①强记：谓强于记忆。　②榷（què）：研讨。《庄子》："可不谓大杨榷乎？"情伪：真假。　③光禄少卿：官名，为光禄寺卿之贰，宋初为寄禄官。　④都官郎中：官名，南宋置都官尚书，主军事刑狱，隋改都官为刑部尚书，宋置都官郎中一人，掌徒流配隶等事，为刑部之曹属。　⑤刑部侍郎：官名，为刑部尚书之贰，参掌天下刑狱之政令。　⑥虞部员外郎：官名，为工部

之曹属，掌山泽、苑囿、场冶之事。　　⑦工部郎中：官名，参掌制作、营缮、计置、采伐材物等事。　　⑧祖荫：谓因祖父之勋劳而得官，即任子。　　⑨三班借职：为武秩中之最低者。参看《石曼卿墓表》注。　　⑩奉礼郎：官名，太堂寺属官，掌奉币帛授初献官，大礼则设亲祠版位。　　⑪芮城：今山西芮城，宋属陕西永兴军路陕州。河阳：今河南孟州，宋属京西北路孟州。　　⑫孟州：今河南孟州，宋属京西北路。　　⑬新郑县：今河南新郑，宋属京西北路郑州。　　⑭怀州：今河南沁阳，宋属河北西路。　⑮定川堡：在甘肃镇原县西北。庆历二年，怀敏御元昊于此，敌毁桥断其归路，怀敏突围走，至长城，濠路已断，死焉。　　⑯瓦亭：山名，在甘肃华亭西北，其西麓有瓦亭关。　　⑰刘涣：字仲章，保州保塞人，累官至镇宁军节度观察留后，以工部尚书致仕。沧州：今河北沧州，宋属河北东路。　　⑱期月：满一月。《论语》："子曰：'苟有用我者，期月而已可也，三年有成。'"　⑲武康军：今陕西洋县，宋为利州路洋州。　　⑳范仲淹、富弼、韩琦并相，立按察使，更定磨勘任子之法，侥幸者不便，夏竦等造为飞语，仲淹等不自安，请行边。庆历五年，罢仲淹知邠州，弼知郓州，琦知扬州，洙及苏舜钦等咸得罪。　　㉑被酒：醉酒。㉒至和：宋仁宗年号。　　㉓寿安县：今河南宜阳，宋属河南府。㉔按《宋史》源传，有《唐说》《叙兵》一篇。　　㉕蹈：以身赴。㉖旷然：旷达貌。　　㉗韫：藏也。

梅圣俞墓志铭

　　嘉祐五年，京师大疫。四月乙亥，圣俞得疾，卧城东汴阳坊。明日，朝之贤士大夫往问疾者，骈呼属路不绝①。城东之人，市者废，行者不得往来，咸惊顾相语曰："兹坊所居大人谁邪？何致客之多也！"居八日癸未，圣俞卒。于是贤士大夫，又走吊哭，如前日益多；而其尤亲且旧者，相与聚而谋其后事，自丞相以下，皆有以赙恤其家。粤②六月甲申，其孤增，载其枢南归，以明年正月丁丑，葬于宣州阳城镇双归山③。

　　圣俞，字也，其名尧臣，姓梅氏，宣州宣城人④。自其家世颇能诗，而从父询以仕显⑤，至圣俞遂以诗闻；自武夫、贵戚、童儿、野叟，皆能道其名字；虽妄愚人不能知诗义者，直曰："此世所贵也，吾能得之。"用以自矜。故求者日踵门，而圣俞诗遂行天下⑥。其初喜为清丽闲肆平淡，久则涵演⑦深远。间亦琢刻⑧以出怪巧；然气完力余，益老以劲。其应于人者多，故辞非一体⑨。至于他文章皆可喜，非如唐诸子号诗人者，僻固而狭陋也。圣俞为人，仁厚乐易，未尝忤⑩于物；至其穷愁感愤，有所骂讥笑谑，一发于诗；然用以为欢，而不怨怼⑪，可谓君子者也。

初，在河南，王文康公见其文，叹曰："二百年无此作矣！"其后大臣屡荐宜在馆阁，尝一召试，赐进士出身，余辄不报。嘉祐元年，翰林学士赵槩等十余人，列言于朝曰："梅某经行修明，愿得留与国子诸生，讲论道德，作为雅颂，以歌咏圣化。"乃得国子监直讲。三年冬，祫于太庙⑫，御史中丞韩绛⑬言："天子且亲祠，当更制乐章以荐祖考⑭，惟梅某为宜。"亦不报。

圣俞初以从父荫补太庙斋郎，历桐城、河南、河阳三县主簿⑮，以德兴县令知建德县⑯，又知襄城县⑰，监湖州盐税，签署忠武、镇安两军节度判官⑱，监永济仓⑲，国子监直讲，累官至尚书都官员外郎⑳。尝奏其所撰《唐载》二十六卷，多补正旧史阙缪㉑，乃命编修《唐书》㉒，书成，未奏而卒㉓，享年五十有九。曾祖讳远，祖讳邈，皆不仕。父讳让，太子中舍致仕，赠职方郎中㉔。母曰仙游县㉕太君束氏，又曰清河县㉖太君张氏。初娶谢氏，封南阳县君；再娶刁氏，封某县君。子男五人，曰增，曰墀，曰垌，曰龟儿，一早卒。女二人，长适太庙斋郎薛通，次尚幼。

圣俞学长于《毛诗》㉗，为《小传》二十卷，其《文集》四十卷㉘，注《孙子十三篇》㉙。余尝论其诗曰："世谓诗人少达而多穷，盖非诗能穷人，殆穷者而后工也。"圣俞以为知言。

铭曰：

不戚其穷，不困其鸣。不踬㉚于艰，不履于倾。养其和平，以发厥声。震越浑锽㉛，众听以惊。以扬其清，以播其英，以成其名，以告诸冥。

----

①驺：显贵出门，其前导与从骑，皆曰驺。呼：驺从传呼也。②粤：发语词。　　③宣州：今安徽宣城，宋为淮南西路宁国府。④宣城：今安徽宣城，宋属宁国府。　　⑤从父：叔父。询字昌言，翰林侍读学士，累迁给事中，出知许州，卒，修为墓志铭，《宋史》有传。　　⑥时皇亲有以钱数千购尧臣诗一篇者；苏轼尝于淯水监得西南夷蛮布弓衣，其文织成尧臣《春雪诗》，其名重于时如此。　　⑦演：润也。　　⑧琢刻：雕琢刻画。　　⑨谓多与人唱酬，辄仿其人之体制也。　　⑩忤：逆也。　　⑪怼：怨也。⑫祫（xiá）：大合祭先祖；合祭之时，以毁庙之祖，陈于太祖之庙，未毁庙之祖，皆升，合食于太祖，故曰祫。　　⑬韩绛：字子华，开封雍邱人，亿三子，累官同平章事，昭文馆大学士，封康国公，卒谥献肃。　　⑭古者郊庙祭祀，必歌乐章以迎神送神；宋初郊庙乐章，多词臣窦俨、吕夷简、陶榖、杨亿等所撰。　　⑮桐城：今安徽桐城，宋属淮南西路安庆府。　　⑯德兴：今江西德兴，宋属江南东路饶州。建德：今安徽秋浦，宋属江南东路池州。⑰襄城：今河南襄城，宋属京西北路汝州。　　⑱忠武军，今河南许昌，宋为京西北路颍昌府。镇武军，今河南淮阳，宋为京西北路淮宁府。　　⑲永济：今山东临清南，宋属河北东路大名府。按《宋史》本传，作永丰，今江西永丰，宋属淮南西路信州。　　⑳尚书都官员外郎：官名，位在都官郎中下，都官为刑部曹属，刑部隶尚书省。　　㉑缪：与"谬"通。　　㉒《旧唐书》二百卷，后晋

刘昫等奉敕撰，惟繁略不均，是非失实，校之实录，多所阙漏；故仁宗嘉祐中，诏曾公亮等删定，修及宋祁，分撰纪、志、列传，为《新唐书》二百二十五卷。　㉓尧臣受敕修《唐书》，语其妻刁氏曰："吾之修书，可谓猢狲入布袋矣。"刁曰："君之仕宦，亦何异鲇鱼上竹竿耶！"　㉔职方郎中：官名，《周官》有职方氏，掌天下之地图，主四方之职贡，隋置职方侍郎，唐属于兵部，宋因之，置郎中、员外郎各一人。　㉕仙游：见《胡先生墓表》莆阳注。　㉖清河：今河北清河，宋属河北东路恩州。　㉗《毛诗》：即《诗经》，以其书为汉毛公所传，故名。毛公有二：大毛公名亨，鲁国人；小毛公名苌，赵国人。今所传之毛诗，即《汉书·艺文志》之《毛诗故训传》三十卷，后汉郑玄为之《笺》，自是齐、鲁、韩三家之诗遂废，《毛诗》独存。　㉘尧臣有《宛陵集》四十卷行世。　㉙《孙子十三篇》，春秋时齐人孙武所作，武以兵法见吴王阖庐，用之为将，遂霸诸侯，著书十三篇，为兵家所祖。㉚踬：受挫折。　㉛越：发扬。浑：厚也。锽（huáng）：钟鼓之声。

徂徕石先生墓志铭①

徂徕先生，姓石氏，名介，字守道，兖州奉符人也②。徂徕，鲁东山，而先生非隐者也，其仕尝位于朝矣；鲁之人不称其官而称其德，以为徂徕鲁之望③，先生鲁人之所尊，故因其所居山以配其有德之称，曰"徂徕先生"者，鲁人之志也。

先生貌厚而气完，学笃而志大。虽在畎亩④，不忘天下之忧。以谓时无不可为，为之无不至，不在其位，则行其言。吾言用，功利施于天下，不必出乎己；吾言不用，虽获祸咎，至死而不悔。其遇事发愤，作为文章，极陈古今治乱成败，以指切⑤当世；贤愚善恶，是是非非，无所讳忌。世俗颇骇其言，由是谤议喧然；而小人尤嫉恶之，相与出力必挤之死。先生安然，不惑不变，曰："吾道固如是，吾勇过孟贲矣⑥。"不幸遇疾以卒。既卒，而奸人有欲以奇祸中伤大臣者，犹指先生以起事，谓其诈死而北走契丹矣，请发棺以验。赖天子仁圣，察其诬，得不发棺，而保全其妻子⑦。

先生世为农家，父讳丙，始以仕进，官至太常博士。先生年二十六，举进士甲科，为郓州观察推官，南京留守推官。御史台辟主簿⑧，未至，以上书论赦，罢不召⑨。秩满，迁某军节度掌书记⑩。代其父官于蜀，为嘉州军事判官⑪。丁内外艰去官⑫，垢面跣⑬足，躬耕徂徕之下，葬其五世未葬者七十丧。服除，召入国子监直讲。是时，兵讨元昊久无功，海内重困，天子奋然思欲振起威德，而进退二三大臣，增置谏官御史，所以求治之意甚锐。先生跃然喜曰："此盛事也！雅颂吾职⑭，其可已乎？"乃作《庆历圣德诗》，以褒贬大臣⑮，分别邪正，累数百言⑯。诗出，太山孙明复曰："子祸始于此矣。"明复，先生之师友也。其后所谓奸人作奇祸者，乃诗之所斥也。

　　先生自闲居徂徕，后官于南京，常以经术教授。及在太学，益以师道自居，门人弟子从之者甚众；太学之兴，自先生始。其所为文章，曰某集者若干卷，曰某集者若干卷⑰。其斥佛、老、时文⑱，则有《怪说》《中国论》，曰："去此三者，然后可以有为。"其戒奸臣、宦女⑲，则有《唐鉴》，曰："吾非为一世监也。"其余喜怒哀乐，必见于文。其辞博辨雄伟，而忧思深远。其为言曰："学者，学为仁义也。惟忠能忘其身，惟笃于自信者，乃可以力行也。"以是行于己，亦以是教于人。所谓尧、舜、禹、汤、文、武、周公、孔子、孟轲、扬雄、韩愈氏者⑳，未尝一日不诵于口。思与天下之士，皆为周、孔之徒，以致其君为尧舜之君，民为尧舜之民，亦未尝一日少忘于心。全其违世惊众，人或笑之，则曰："吾非狂痴者也。"是以君子察其行而信其言，推其用心而哀其志。

　　先生直讲岁余，杜祁公荐之天子，拜太子中允。今丞相韩公又荐之，乃直集贤院。又岁余，始去太学，通判濮州㉑。方待次于徂徕㉒，以庆历五年七月某日卒于家，享年四十有一。

友人庐陵欧阳修哭之以诗，以谓待彼谤焰熄，然后先生之道明矣㉓。先生既没，妻子冻馁不自胜；今丞相韩公与河阳富公分俸买田以活之。后二十一年，其家始克葬先生于某所。将葬，其子师讷，与其门人姜潜、杜默、徐遁等来告㉔曰："谤焰熄矣，可以发先生之光矣，敢请铭！"某曰："吾诗不云乎，'子道自能久'也，何必吾铭？"遁等曰："虽然，鲁人之欲也。"乃为之铭曰：

　　徂徕之岩岩㉕，与子之德兮，鲁人之所瞻，汶水之汤汤㉖，与子之道兮，逾远而弥长，道之难行兮，孔孟亦云遑遑㉗！一世之屯兮，万世之光！曰吾不有命兮，安在夫桓魋与臧仓㉘？自古圣贤皆然兮，噫！子虽毁其何伤！

----

①徂徕：山名，一名尤来，在山东泰安东南四十里，山多松柏，《诗·鲁颂》所谓"徂徕之松"是也。　②兖州：今山东兖州，宋属京东西路，后升袭庆府。奉符：今山东泰安，宋属兖州。③望：瞻仰之意，古者诸侯祭其境内山川曰望。《左传》："三代命祀，祭不越望，江、汉、睢、漳、楚之望也。"　④畎（quǎn）：田间小沟；田二百四十方步为亩。　⑤指切：指斥讥切。　⑥孟贲（bēn）：齐之勇士，力能生拔牛角，秦武王好力士，贲往归焉。《孟子》："然则夫子过孟贲远矣。"　⑦孔直温谋反，搜其家，得介书，夏竦衔介甚，且欲中伤杜衍等，因言介诈死走契丹，请发棺验。诏下京东，访其存亡。衍时在兖州，以语官属掌书记龚鼎臣，愿以阖族保介必死；提点刑狱吕居简亦言："介死必有亲族门生会葬，及棺敛之人，苟召问无异，即令具军令状保之，亦足应

诏。"于是众数百保介必死,乃免靳棺。子弟羁管他州,久之得还。

　　⑧秦汉御史大夫之署曰府,后汉以来,始曰御史台,专司弹劾之任。　　⑨介论赦书不当求五代及诸伪国后,罢。　　⑩《本传》作镇南军,今江西南昌,宋为江南西路隆兴府。　　⑪嘉州:今四川乐山,宋为成都府路嘉定府。　　⑫丁父丧曰外艰,母丧曰内艰。　　⑬跣(xiǎn):赤脚。　　⑭《诗》有六义:一曰风,二曰赋,三曰比,四曰兴,五曰雅,六曰颂。雅,正也,有《大雅》《小雅》之分;颂,容也,谓乐章之兼有舞容者,《商颂》《周颂》《鲁颂》是也。　　⑮赞美之曰"褒",非刺之曰"贬"。

　　⑯庆历三年,吕夷简罢相,章得象、贾昌朝、晏殊、韩琦、范仲淹、富弼同执政;修及王素、余靖、蔡襄为谏官;夏竦既拜,复夺之,代以杜衍。介因作《庆历圣德诗》,有"众贤之进,如茅斯拔;大奸之去,如距斯脱"之语。大奸,盖斥竦也。

⑰介有《徂徕集》二十卷行于世。　　⑱佛:见《本论》注。老:老子,姓李名聃,楚之苦县人,为周守藏史。周衰,去而西出函关,著《道德经》五千余言,以清净无为为主,是为道家之祖。时文:别于古文而言,谓应试之文。宋初沿唐末五季之习,士子习为骈俪之文,号曰四六,专以声病对偶为工,剽剥故事,雕刻破碎,甚者若俳优之词,若杨亿、刘筠等,称西昆体,文体大坏。　　⑲宦女:宦官、女子也。宦官:阉人,今谓之太监。　　⑳禹:姒姓,鲧之子,与舜俱臣于尧,后受舜禅为天子,是为夏之始祖。汤:子姓,名履,契之后,夏时诸侯。夏桀无道,汤放之于南巢,遂即位,国号商。文:周文王,姬姓,名昌,弃之后,商时诸侯,为西方诸侯之长,称曰西伯。武:周武王,名发,文王子,商纣暴虐,灭之而

有天下，国号周，追尊西伯为文王。周公：名旦，文王子，武王弟，相武王伐纣，武王崩，成王幼，周公摄政，定制度礼乐，天下大治，子孙封于鲁为诸侯。扬雄：字子云，汉成都人，好学博闻，成帝时，献《甘泉》《河东》《长杨》《羽猎》四赋，著有《太玄》《法言》《方言》等书。韩愈：字退之，唐河南河阳（今孟县）人，擢进士第，累官监察御史，宪宗时，谏迎佛骨，贬潮州刺史，后召拜国子祭酒，官至吏部侍郎，卒，谥曰文。其先世居昌黎，宋追封昌黎伯，文曰《昌黎先生集》，原本六经，一洗六朝繁缛之习，为后世所宗。余见《本论》注。　　㉑濮州：今河南濮阳，宋属京东西路。　　㉒补官必循次第，故候补官缺者曰待次，亦曰需次。　　㉓修有《读徂徕集》及《重读徂徕集》两诗，有"待彼谤焰熄，放此光芒悬""子道自能久，吾言岂须镌"等语。谤焰：谓毁谤者之气焰。　　㉔姜潜：字至之，兖州奉符（今山东泰安）人，知陈留县，青苗令下，移疾去，《宋史》隐逸有传。杜默：字师雄，历阳人，豪于歌行，修集有《赠杜默诗》。徐遁：未详，待考。　　㉕岩岩：高峻貌。《诗·鲁颂·閟宫》篇："泰山岩岩，鲁邦所瞻。"　　㉖汶水：出山东莱芜东北原山，西南流经泰安东，与石汶、牟汶、北汶、柴汶诸水会，西流至东平，与大清河、小清河会，又西至汶上西南，入于运河。汤汤（shāng）：水流貌。㉗遑遑：亦作皇皇，心不定。　　㉘桓魋（tuí）：春秋时宋人，官司马，孔子适宋，魋欲杀之，孔子微服过焉，曰："天生德于予，桓魋其如予何？"臧仓：战国时鲁平公嬖人。平公将见孟子，仓以孟子后丧逾前丧沮之，孟子曰："吾之不遇鲁侯，天也。臧氏之子，焉能使予不遇哉？"

南阳县君谢氏墓志铭

庆历四年秋，予友宛陵梅圣俞，来自吴兴①，出其哭内②之诗而悲曰："吾妻谢氏亡矣！丐③我以铭而葬焉！"予诺之，未暇作。居一岁中，书七八至，未尝不以谢氏铭为言。

且曰："吾妻故太子宾客讳涛之女④，希深之妹也。希深父子为时闻人⑤，而世显荣，谢氏生于盛族，年二十以归吾，凡十七年而卒；卒之夕，敛⑥以嫁时之衣，甚矣吾贫可知也；然谢氏怡然处之。治其家有常法：其饮食器皿，虽不及丰侈，而必精以旨；其衣无故新，而澣濯缝纫⑦，必洁而完；所至官舍虽卑陋，而庭宇洒扫，必肃而严；其平居语言容止，必从容以和。吾穷于世久矣！其出而幸与贤士大夫游而乐，入则见吾妻之怡怡而忘其忧，使吾不以富贵贫贱累其心者，抑吾妻之助也。吾尝与士大夫语，谢氏多从户屏间窃听之；闲则尽能商榷其人才能贤否，及时事之得失，皆有条理。吾官吴兴，或自外醉而归，必问曰：'今日孰与饮而乐乎？'闻其贤者也，则悦。否则叹曰：'君所交皆一时贤隽⑧，岂其屈己下之邪？惟以道德焉，故合者尤寡，今与是人饮而欢耶？'是岁南方旱⑨，仰见飞蝗而叹曰：'今西兵未解，天下重困，盗贼暴起于江淮⑩，我为妇人，死而得君葬我，幸矣！'其所以能安居贫而不困者，其性识⑪明而知道理多此类。呜呼！其生也迫吾之贫，而没也又无以厚焉！谓惟文字可以著其不朽。且其生时，尤知文章为可贵，殁而得此，庶几以慰其魂，且塞予悲，此吾所以请铭于子之勤也。"若此，予忍不铭？

夫人享年三十七，用夫恩封南阳县君，二男一女。以其年七月七日，卒于高邮⑫。梅氏世葬宛陵，以贫不能归也，某年某月某日，葬于润州之某县某原。

铭曰：

高崖断谷兮，京口⑬之原！山苍水深兮，土厚而坚！居之可乐兮，卜者曰然！骨肉归土兮，魂气升天⑭！何必故乡兮，然后为安？

----

①宛陵：即今安徽宣城，汉初置，隋始改为宣城。吴兴：今浙江湖州，宋为浙西路湖州。时尧臣监湖州盐税。 ②称妻妾曰"内"，《左传》："齐桓公好内。" ③丐：求。 ④太子宾客：官名，晋惠帝为愍怀太子，择宾友五人，谓之东宫宾客。唐显庆初，始置为官，宋因之。涛：字济之，富阳人，谢绛父，举进士，累官西京留司御史台，太子宾客，卒，修为铭。 ⑤闻人：知名之人。 ⑥敛：小敛，为死者加衣衾。 ⑦澣（huàn）：洗衣。纫：缝缀。 ⑧隽：与"俊"通，或作"儁"。 ⑨庆历四年三月，遣内侍两浙淮南江南祠庙祈雨。 ⑩江淮：今江苏、安徽等地，为长江、淮水流域。 ⑪性识：谓见识。沈约文："自斯以上，性识渐弘。" ⑫高邮：今江苏高邮，宋属淮南东路

高邮军。　　⑬京口：今江苏镇江，以京岘山而得名。或谓当京江之口，故曰京口，三国时孙权置京口镇。　　⑭吴延陵季子适齐，反，其长子死，葬于嬴博之间，既封，左袒，右还其封，且号者三，曰："骨肉归复于土，命也；若魂气则无不之也，无不之也。"而遂行。见《礼记·檀弓》篇。

记

王彦章画像记

太师王公，讳彦章，字子明，郓州寿张人也①。事梁，为宣义军节度使②，以身死国③，葬于郑州之管城④。晋天福二年⑤，始赠太师。

公在梁以智勇闻。梁、晋之争数百战⑥，其为勇将多矣；而晋人独畏彦章⑦。自乾化后⑧，常与晋战，屡困庄宗于河上⑨。及梁末年，小人赵岩⑩等用事，梁之大臣老将，多以谗不见信，皆怒而有怠心；而梁亦尽失河北，事势已去，诸将多怀顾望。独公奋然自必⑪，不少屈惰，志虽不就，卒死以忠，公既死而梁亦亡矣！悲夫！

五代终始才五十年⑫，而更十有三君⑬，五易国而八姓⑭；士之不幸而出乎其时，能不污其身得全其节者，鲜矣。公本武人，不知书，其语质，平生尝谓人曰："豹死留皮，人死留名。"盖其义勇忠信出于天性而然。予于《五代书》，窃有善善恶恶之志⑮，至于公传，未尝不感愤叹息，惜乎旧史残略⑯，不能备公之事。康定元年，予以节度判官来此⑰，求于滑人⑱，得公之孙睿所录家传⑲，颇多于旧史。其记德胜之战尤详⑳。又言敬翔怒末帝不肯用公㉑，欲自经于帝前㉒。公因用笏㉓画山川，为御史弹而见废㉔。又言公五子，其二同公死节。此皆旧史无之。又云公在滑，以谗自归于京师，而史云召之。是时梁兵尽属段凝㉕，京师羸㉖卒不满数千，公得保銮㉗五百人之郓州，以力寡，败于中都㉘；而史云将五千以往者，亦皆非也。

公之攻德胜也，初受命于帝前，期以三日破敌，梁之将相闻者皆窃笑。及破南城，果三日。是时庄宗在魏㉙，闻公复用，料公必速攻，自魏驰马来救，已不及矣㉚。庄宗之善料，公之善出奇，何其神哉！今国家罢兵四十年，一旦元昊反，败军杀将，连四五年，而攻守之计，至今未决。予尝独持用奇取胜之议，而叹边将屡失其机。时人闻予说者，或笑以为狂，或忽若不闻，虽予亦惑，不能自信；及读公家传，至于德胜之捷，乃知古之名将，必出于奇，然后能胜。然非审于为计者不能出奇，奇在速，速在果㉛，此天下伟男子之所为，非拘牵常算㉜之士可到也。每读其传，未尝不想见其人。

后二年，予复来通判州事㉝，岁之正月，过俗所谓铁枪寺者，又得公画像而拜焉。岁久磨灭，隐隐可见，亟命工完理之，而不敢有加焉，惧失其真也。公尤善用枪，当时号王铁枪㉞，公死已百年，至今俗犹以名其寺，童儿牧竖㉟，皆知王铁枪之为良将也。一枪之勇，同时岂无？而公独不朽者，岂其忠义之节使然欤？画已百余年矣，完之复可百年，然公之不泯者，不系乎画之存不存也。而予尤区区㊱如此者，盖其希慕之至焉耳。读其书，尚想乎其人㊲；况得拜其像，识其面目，不忍见其坏也。画既完，因书予所得者于后，而归其人，使藏之。

----

①寿张：今山东东平，唐属河南道郓州，梁为天平军节度，宋属京东西路东平府。梁：即五代之后梁。朱全忠受唐禅，国号梁，都汴，凡二主十六年，为后唐所灭。　　②宣义军：今河南滑县，唐为河南道，滑州，义成军节度，梁改宣义军，宋属京西北路。③梁龙德三年，唐庄宗攻兖州，彦章以保銮骑五百御之，退走中都。唐将夏鲁奇识其音，曰："此王铁枪也。"举稍刺之，伤重被擒，庄宗爱其勇，欲活之，彦章不屈，遂见杀。　　④郑州：今河南郑州，唐属河南道，宋属京西北路。管城，今河南郑州管城区，唐宋均属郑州。　　⑤晋：即五代之后晋；石敬瑭借契丹兵灭后唐，国号晋，都汴，凡二主十一年，为契丹所灭。天福：后晋高祖年号。　　⑥晋：谓后唐庄宗，初封晋王，故称晋；龙德三年，始称帝，国号唐。　　⑦彦章初屯澶州，晋攻破之，虏其妻子，以畏彦章故，待之加厚。　　⑧乾化：后梁太祖及末帝年号，末帝即位未改元，至五年始改年号为贞明元年。　　⑨庄宗：姓李，名存勖，小字亚子，为晋王克用长子，嗣立十年，即帝位，灭后梁，晚年荒恣，伶人郭从谦作乱，中流矢死。河上：即曹、濮、郓、滑诸州之地，当黄河南北，今河北、河南、山东交界之处。彦章常心轻晋王，曰："亚子斗鸡小儿耳！何足惧哉？"　　⑩赵岩：青州人，为后梁租庸使，与张汉杰兄弟等依势弄权，卖官鬻狱，离间旧将相。敬翔、李振等，言多不用，政事日紊。　　⑪必：专也。《太玄经》："赤石不夺，节士之必。"　　⑫五代始于后梁太祖开平元年，终于后周恭帝显德六年，凡五十三年。　　⑬十有三

君：为后梁太祖晃，末帝瑱，后唐庄宗存勖，明宗嗣源，愍帝从厚，废帝从珂，后晋高祖敬瑭，出帝重贵，后汉高祖暠，隐帝承祐，后周太祖威，世宗荣，恭帝宗训。　⑭五易国：即梁、唐、晋、汉、周。八姓：梁，朱姓；唐，李姓；晋，石姓；汉，刘姓；周，郭姓；唐明宗本胡人，为克用之养子，虽无氏，实非李姓；废帝为明宗养子，本姓王氏；周世宗为太祖养子，本姓柴氏。　⑮修自撰《五代史》七十五卷，词约事备，褒贬善恶，多取《春秋》之旨，发论必以呜呼，曰："此乱世之书也。"　⑯旧史：《旧五代史》，宋薛居正等奉敕撰，共一百五十卷，多据累朝实录，及范质《五代通录》为蓝本。　⑰宝元二年，修权武成军节度判官厅公事，康定元年春，赴滑州。　⑱滑：今河南滑县，宋属京西北路。　⑲家传：为私人记载，叙述其先人事迹，以传示后世者。⑳德胜：渡名，为河津之要，时晋已尽有河北，以铁锁断德胜口，筑河南北为两城，号夹寨，皆在今河南濮阳。其北城即今县治，南城后圮于水。彦章既受命，期以三日破敌，驰两日至渭川，引精兵数千趋德胜，举锁烧断之，因以巨斧斩浮桥，急击南城破之，适三日。　㉑敬翔：初为宣武军掌书记，为人深沉有智略，在幕府二十余年，昼夜勤劳，自言于马上乃得休息，禅代之际，其谋居多；太祖即位，知崇政院事，末帝时为相。梁亡，李振劝与同降，不从，自缢而死。末帝：初名友贞，太祖第三子，封均王，友珪弑逆，讨诛之，即位更名瑱，在位十一年。唐兵入汴，命其下皇甫麟刭其首死。　㉒经：缢也，翔知梁室已危，纳绳靴中入见，遂欲自经，末帝止之，问所欲言，翔曰："事急矣，非用彦章为大将不可。"乃以代戴思远为招讨使。　㉓笏：以象牙及木为之，朝见时执于手，有事则书其上，以备遗忘，一名手版。 ㉔德胜之役，彦章为招讨使，段凝副之。凝阴与赵岩相结，及破南城，各为捷书以闻，凝遣人告岩等，匿彦章书而上己书，岩等又毁彦章于内，遂罢彦章，以凝代。彦章驰至京师，入见，以笏画地，自陈胜败之迹，岩讽有司劾彦章不恭，勒归第。 ㉕段凝：初名明远，后更今名，开封人，梁亡降于唐，赐姓名李绍钦。 ㉖羸：弱也。 ㉗保銮：天子卫骑也，天子之车曰銮舆。 ㉘中都：今山东汶上，唐属河南道郓州。 ㉙魏：今河北大名，唐属河东道，梁为天雄军节度。 ㉚德胜之役，彦章乘胜攻杨刘、李周等，告急于庄宗，兵至不得入，用郭崇韬计，筑垒于马家口，相持六月，彦章始退。 ㉛果：果决。 ㉜拘牵常算：谓拘束于平常之策。 ㉝庆历二年，修通判滑州。 ㉞彦章骁勇绝伦，每战用两铁枪，皆重百斤，一置鞍中，一持在手，所向无敌，时人谓之王铁枪。 ㉟牧竖：牧童。童仆未冠者曰竖。 ㊱区区：犹言小也，言注意于小者如此也。 ㊲《孟子》："颂其诗，读其书，不知其人，可乎？是以论其世也，是尚友也。"语意本此。

丰乐亭记①

修既治滁之明年②，夏，始饮滁水而甘，问诸滁人，得于州南百步之近。其上丰山耸然而特立③，下则幽谷窈然而深藏④，中有清泉滃然⑤而仰出。俯仰左右，顾而乐之，于是疏泉凿石，辟地以为亭，而与滁人往游其间。

滁于五代干戈之际，用武之地也。昔太祖皇帝⑥，尝以周师破李景兵十五万于清流山下⑦，生擒其将皇甫晖、姚凤于滁东门之外，遂以平滁⑧。修尝考其山川，按其图记，升高以望清流之关，欲求晖、凤就擒之所，而故老皆无在者，盖天下之平久矣。自唐失其政，海内分裂，豪杰并起而争，所在为敌国者，何可胜数⑨！及宋受天命，圣人出而四海一，向之凭恃险阻，刬削消磨⑩，百年之间，漠然⑪徒见山高而水清。欲问其事，而遗老尽矣。今滁介于江、淮之间，舟车商贾⑫，四方宾客之所不至，民生不见外事，而安于畎亩衣食，以乐生送死。而孰知上之功德，休养生息，涵煦⑬百年之深也。

修之来此，乐其地僻而事简，又爱其俗之安闲。既得斯泉于山谷之间，乃日与滁人仰而望山，俯而听泉，掇幽芳而荫乔木⑭，风霜冰雪，刻露清秀，四时之景，无不可爱。又幸其民，乐其岁物之丰成，而喜与予游也。因为本其山川，道其风俗之美，使民知所以安此丰年之乐者，幸生无事之时也。夫宣上恩德，以与民共乐，刺史之事也⑮，遂书以名其亭焉。庆历丙戌六月日，右正言、知制诰、知滁州军州事欧阳修记⑯。

----

①丰乐亭：在滁州西南琅琊山幽谷泉上。　②滁：今安徽滁州，宋属淮南东路。庆历五年，修以孤甥张氏狱，为狱吏傅致，左迁知制诰，出守滁州。　③丰山：在滁州西南。耸然：高貌。④幽谷：泉名，一名紫微泉。窈然：深远貌。　⑤滃然：云气起也，又大水貌，盖泉水上出，滃渤若云气之升也。　⑥太祖皇帝：姓赵，名匡胤，涿郡人，仕周为殿前都检点，归德军节度使，将军拒契丹，至陈桥驿，为将士拥立，遂受周禅即帝位。　⑦周：即五代之后周，郭威灭后汉，国号周，都汴，凡三主九年，禅位于宋。李景，南唐主，徐知诰——知诰本姓李，为吴将徐温养子，受吴禅，复姓，更名昇——长子，初名璟，后以避周讳更名，传子煜，改号江南，为宋所灭。清流山，在滁州西北，上有清流关。⑧后周世宗显德二年，伐唐，唐主命皇甫晖、姚凤将兵三万屯定远，次年退保清流关；匡胤时为殿前都虞侯，领严州刺史，世宗命倍道袭之，晖等走守滁州，匡胤直抵城下，晖请成列而战，匡胤笑许之，晖整众出，匡胤突阵击晖，擒之，并擒姚凤，遂克滁州。⑨唐末，天下大乱，卒伍盗贼，起为节镇，因而立国，计：杨行密据淮南，国号吴；李昇据江南，国号南唐；王审知据福建，国号闽；王建据两川，国号前蜀；孟知祥据两川，国号后蜀；刘隐据广州，国号南汉；刘崇据山西，国号北汉；钱镠据两浙，国号吴越；马殷据湖南，国号楚；高季兴据荆南，国号南平。是为十国。

⑩刬（chǎn）：削平。　　⑪漠然：安静貌。　　⑫行货曰"商"，处货曰"贾"。　　⑬涵煦：犹言覆育。　　⑭掇：采取。乔木：木之高而上曲者。《诗》："南有乔木。"　　⑮刺史：官名，汉武帝置部刺史，督察郡国，刺言刺举不法，史者使也，魏晋于要州以都督兼领刺史，隋罢郡，以州统县，自是刺史但为太守之巨名。⑯右正言：官名，宋改唐之拾遗为正言，左属门下省，右属中书省。知制诰：官名，属翰林学士院，掌制诰诏令撰述之事。

醉翁亭记①

环滁皆山也。其西南诸峰，林壑尤美，望之蔚然②而深秀者，琅琊也③。山行六七里，渐闻水声潺潺④，而泻出于两峰之间者，酿泉也⑤。峰回路转，有亭翼然⑥临于泉上者，醉翁亭也。作亭者谁？山之僧智仙也。名之者谁？太守自谓也⑦。太守与客来饮于此，饮少辄醉，而年又最高，故自号曰醉翁也。醉翁之意不在酒，在乎山水之间也。山水之乐，得之心而寓⑧之酒也。

若夫日出而林霏⑨开，云归而岩穴暝⑩，晦明变化者，山间之朝暮也。野芳发而幽香，佳木秀而繁阴，风霜高洁，水落而石出者，山间之四时也。朝而往，暮而归，四时之景不同，而乐亦无穷也。

至于负者歌于途，行者休于树，前者呼，后者应，伛偻提携⑪，往来而不绝者，滁人游也。

临溪而渔，溪深而鱼肥；酿泉为酒，泉香而酒洌⑫。山肴野蔌⑬，杂然而前陈者，太守宴也。宴酣之乐，非丝非竹⑭，射者中⑮，弈⑯者胜，觥筹交错⑰，坐起而喧哗者，众宾欢也。苍颜白发，颓乎其中者，太守醉也。

已而夕阳在山，人影散乱，太守归而宾客从也。树林阴翳⑱，鸣声上下，游人去而禽鸟乐也。然而禽鸟知山林之乐，而不知人之乐；人知从太守游而乐，而不知太守之乐其乐也。醉能同其乐，醒能述以文者，太守也。太守谓谁？庐陵欧阳修也。

----

①醉翁亭：在滁州西南七里。　　②蔚然：草木盛貌。　　③琅琊：山名，在滁州西南十里，晋元帝为琅琊王时，避地此山，故名。④潺潺：水流声。　　⑤泉水清可以酝酒，故曰"酿泉"。　　⑥翼然：言如鸟舒展翅膀的样子。　　⑦太守：官名，秩二千石，秦本名郡守，汉景帝始称太守，宋以后改郡为府，故知府亦称太守。⑧寓：寄也。　　⑨霏：云很盛的样子。　　⑩暝：幽晦。　　⑪伛偻（yǔ lǔ）：脊梁弯曲之状。《淮南子》："子求行年五十有四而病伛偻。"提携：谓挈之而行也。《曲礼》："长者与之提携。"⑫冽：清澄。　　⑬肴：鱼肉之类，熟而食之曰肴。蔌：蔬菜。⑭丝：八音之一，琴瑟之属，其弦皆以丝为之。竹：八音之一，箫管之属，以竹为之。　　⑮按，修《居士外集》有《九射格》一文，其制为一大侯，中为熊、虎、鹿、雕、雉、猿、雁、兔、鱼九物，物各有筹，射中其物，则视筹所在而饮之，当即此戏。　　⑯弈：围棋。　　⑰觥：酒器，古以兕角为之，故曰兕觥。后或用木及铜，容酒七升。筹：算筹，所以记胜负之具，亦曰筹码。　　⑱翳·隐蔽。

真州东园记^①

真为州，当东南之水会^②，故为江淮、两浙、荆湖发运使之治所^③。龙图阁直学士施君正臣、侍御史许君子春之为使也^④，得监察御史里行马君仲涂为其判官^⑤。三人者，乐其相得之欢，而因其暇日，得州之监军废营^⑥，以作东园，而日往游焉。

岁秋八月，子春以其职事走京师，图其所谓东园者来以示予，曰：“园之广百亩，而流水横其前，清池浸其右，高台起其北。台，吾望以拂云之亭；池，吾俯以澄虚之阁；水，吾泛以画舫之舟^⑦。敞^⑧其中以为清宴之堂，辟其后以为射宾之圃^⑨。芙蕖芰荷之的历^⑩，幽兰白芷^⑪之芬芳，与夫佳花美木，列植而交阴，此前日之苍烟白露而荆棘也。高甍巨桷^⑫，水光日景，动摇而下上，其宽闲深靓^⑬，可以答远响而生清风，此前日之颓垣断堑^⑭而荒墟也。嘉时令节，州人士女，啸^⑮歌而管弦，此前日之晦冥风雨，鼪鼯鸟兽之嗥音也^⑯。吾于是信有力焉。凡图之所载，盖其一二之略也。若乃升于高以望江山之远近，嬉于水而逐鱼鸟之浮沉，其物象意趣，登临之乐，览者各自得焉。凡工之所不能画者，吾亦不能言也，其为我书其大概焉！”

　　又曰："真，天上之冲也，四方之宾客往来者，吾与之共乐于此，岂独私吾三人者哉？然而池台日益以新，草树日益以茂，四方之士无日而不来，而吾三人者有时而皆去也，岂不眷眷于是哉⑰？不为之记，则后孰知其自吾三人始也？"

　　予以谓三君之材贤足以相济，而又协于其职，知所后先，使上下给足，而东南六路之人，无辛苦愁怨之声。然后休其余闲，又与四方之贤士大夫共乐于此，是皆可嘉也，乃为之书。庐陵欧阳修记。

----

　　①真州：今江苏仪征，宋属淮南东路。　　②真州在长江下游北岸，东濒运河，故曰东南水会。　　③江淮：见《南阳县君谢氏墓志铭》注。两浙：浙东浙西，钱塘江以南曰浙东，北曰浙西，今浙江境。荆湖：今湖北、湖南境，当洞庭湖南北，又为古荆州地，故名。发运使：官名，宋太宗置江淮水陆发运于京师，漕运米粟，后遂称发运使，兼领荆湖、两浙诸路，或兼制茶盐泉宝之政，及专刺举官吏之事。凡地方长官所在地曰治所。　　④施正臣：名昌言，通州静海人，累官江淮发运使，龙图阁直学士，知滑州卒。侍御史：官名，宋仍唐制，台院设侍御史一人，以贰中丞，掌纠察弹劾之事，其职不常除，必由监察御史转授。许子春：名元，宣州宣城人，累官江淮发运副使，擢天章阁待制，再迁郎中，历知扬、越、秦州。　　⑤监察御史里行：官名，监察御史，掌分察六曹百司之事，纠其谬误，其官卑而入御史者，谓之里行，犹后世所谓行走。马仲涂，名遵。　　⑥监军：官名，齐景公使穰苴为将，以庄

贾监军,汉武帝置监军使者,其后废置不常,隋末或以御史监军事,唐开元后,多以中官为之,宋不设。　⑦游宴所乘之舟,装饰华丽,故日"画舫"。　⑧敞:敞开。　⑨习射之所曰"圃"。《礼》:"孔子射于矍相之圃。"　⑩芙蕖:荷花之别名。芰:菱之四角者。的历:鲜明貌。梁周兴嗣《千字文》:"渠荷的历。"　⑪芷:香草名,一名白茝。　⑫甍:屋栋之承瓦者。桷:方椽,一曰屋角斜枋。　⑬靓(jìng):静也。　⑭堑:护城河。　⑮啸:蹙口作声。　⑯鼪:与"狌"同,鼬鼠,俗称黄鼠狼。鼯:能飞之鼠。荀子:"鼯鼠五技而穷。"谓能飞不能过屋,能缘不能穷木,能游不能渡谷,能穴不能掩身,能走不能先人。噪:野兽叫声。　⑰眷眷:与"睠睠"通,心向往也。

有美堂记

嘉祐二年，龙图阁直学士、尚书吏部郎中梅公①，出守于杭。于其行也，天子宠之以诗，于是始作有美之堂，盖取赐诗之首章而名之②，以为杭人之荣。然公之甚爱斯堂也，虽去而不忘。今年自金陵遣人走京师③，命予志之，其请至六七而不倦。

予乃为之言曰：夫举天下之至美与其乐，有不得而兼焉者多矣。故穷山水登临之美者，必之乎宽闲之野，寂寞之乡，而后得焉；览人物之盛丽，夸都邑之雄富者，必据四达之冲，舟车之会，而后足焉。盖彼放心于物外④，而此娱意于繁华，二者各有适焉。然其为乐不得而兼也。

今夫所谓罗浮、天台、衡岳、庐阜、洞庭之广⑤，三峡之险⑥，号为东南奇伟秀绝者，乃皆在乎下州小邑，僻陋之邦；此幽潜之士，穷愁放逐之臣之所乐也。若乃四方之所聚，百货之所交，物盛人众，为一都会⑦，而又能兼有山水之美，以资富贵之娱者，惟金陵、钱塘⑧；然二邦皆僭窃于乱世⑨。

及圣宋受命，海内为一。金陵以后服见诛⑩，今其江山虽在，而颓垣废址，荒烟野草，过而览者，莫不为之踌躇而凄怆⑪。独钱塘自五代时，知尊中国，效臣顺，及其亡也，顿首请命，不烦干戈⑫，今其民幸富完安乐。又其习俗工巧，邑屋华丽，盖十余万家，环以湖山，左右映带⑬。而闽⑭商海贾，风帆浪舶，出入于江涛浩渺烟云杳霭⑮之间，可谓盛矣。

　　而临是邦者，必皆朝廷公卿大臣，若天子之侍从⑯；又有四方游士为之宾客；故喜占形胜，治亭榭⑰，相与极游览之娱。然其于所取有得于此者，必有遗于彼。独所谓有美堂者，山水登临之美，人物邑居之繁，一寓目而尽得之。盖钱塘兼有天下之美，而斯堂者，又尽得钱塘之美焉，宜乎公之甚爱而难忘也。梅公，清慎好学君子也⑱，视其所好，可以知其人焉。四年八月丁亥⑲，庐陵欧阳修记。

----

　　①梅公：名挚，字公仪，成都新繁人。累迁右谏议大夫，徙江宁府，又徙河中卒。　　②宋仁宗赐挚守杭诗云："地有吴山美，东南第一州。"挚因作堂于杭之吴山上，以有美为名。按宋仁宗诗止一首，首章谓首句。　　③金陵：即今南京，宋为淮南西路江宁府，后改建康府。　　④物外：世外。　　⑤罗浮：山名，在广东增城博罗之北，峰峦奇秀，为粤中名山。天台：山名，在浙江天台北，形势壮秀，西南接括苍、雁荡，西北接四明、金华，北有石桥，长数十丈，度两岭间，风景绝胜。衡岳：南岳衡山，为五岳之一，在湖南衡山西北，有七十二峰，祝融紫盖诸峰尤胜。庐阜：庐山，在江南九江南，一名匡山，统称匡庐，岩壑秀润，最高处曰五老峰，山有瀑布。洞庭：湖名，在湖南北境，长二百里，广百数十里，湘、资、沅、澧诸水皆汇之以入于湖。湖中有君山诸胜。

⑥三峡：瞿塘峡、巫峡、西陵峡。在川楚间大江中，其间长七百里，两岸连山不绝，滩多水急，舟行绝险。　　⑦都会：大都邑之称，谓人物聚会之所。　　⑧钱塘：今浙江杭州，宋属杭州。

⑨五代时，李昇建国金陵，号南唐；钱镠建国钱塘，号吴越。

⑩开宝七年，谕江南主李煜入朝，煜不从，乃遣曹彬、潘美等伐之。八年春，围金陵，十一月克之，俘煜还朝，赐爵违命侯，进陇西郡公，卒。或曰，宋以牵机药鸩之。　　⑪踌躇：犹豫不前貌。

⑫钱镠遗命子孙善事中国，勿以易姓废事大之礼，子元瓘遂去国仪，用藩镇法，受唐策命，传子佐、倧及俶，入贡于周，太平兴国三年，纳土，封淮海国王。　　⑬映带：照映连带。王羲之《兰亭序》："又有清流激湍，映带左右。"　　⑭闽：东南越种，《周礼》七闽是也，今福建境。　　⑮杳霭：云气盛貌。　　⑯若：有"或"与"及"之意。侍从：给事天子左右之臣也。　　⑰台之有屋者曰"榭"。　　⑱挚性淳静，喜为诗，有奏议四十余篇。

⑲四年：嘉祐四年。

相州昼锦堂记①

　　仕宦而至将相，富贵而归故乡，此人情之所荣，而今昔之所同也。盖士方穷时，困厄闾里，庸人孺子，皆得易而侮之；若季子不礼于其嫂②，买臣见弃于其妻③。一旦高车驷马④，旗旄导前⑤，而骑卒拥后，夹道之人，相与骈肩累迹⑥，瞻望咨嗟⑦；而所谓庸夫愚妇者，奔走骇汗，羞愧俯伏，以自悔罪于车尘马足之间。此一介之士，得志于时，而意气之盛，昔人比之衣锦之荣者也⑧。

　　惟大丞相魏国公则不然⑨。公，相人也。世有令德，为时名卿⑩。自公少时，已擢高科，登显仕⑪。海内之士，闻下风而望余光者，盖亦有年矣。所谓将相而富贵，皆公所宜素有；非如穷厄之人，侥幸得志于一时，出于庸夫愚妇之不意，以惊骇而夸耀之也。然则高牙大纛⑫，不足为公荣；桓圭衮裳⑬，不足为公贵；惟德被生民，而功施社稷⑭，勒之金石⑮，播之声诗⑯，以耀后世而垂无穷；此公之志，而士亦以此望于公也，岂止夸一时而荣一乡哉！

　　公在至和中，尝以武康之节来治于相⑰，乃作昼锦之堂于后圃。既又刻诗于石，以遗相人。其言以快恩仇、矜名誉为可薄。盖不以昔人所夸者为荣，而以为戒。于此见公之视富贵为如何，而其志岂易量哉？故能出入将相⑱，勤劳王家，而夷险一节。至于临大事，决大议⑲，垂绅正笏，不动声色，而措天下于泰山之安，可谓社稷之臣矣⑳！其丰功盛烈，所以铭彝鼎而被弦歌者，乃邦家之光，非闾里之荣也。

余虽不获登公之堂，幸尝窃诵公之诗，乐公之志有成，而喜为天下道也，于是乎书。尚书吏部侍郎、参知政事欧阳修记。

----

①相州：今河南安阳，宋属河北西路。　　②苏秦：字季子，战国时洛阳人，初为连衡，说秦惠王不用，大困而归，嫂不为炊。后说燕赵为合众，遂佩六国相印。说楚过洛阳，父母郊迎，嫂蛇行匍匐，四拜自跪而谢焉。　　③买臣：朱姓，字翁子，汉会稽吴人，家贫好学，负薪读书，妻羞之，求去，留之不可，后任会稽太守。见故妻及其夫于道，呼后车载归，置园中，妻愧忿，自经死。
④驷马：一车四马，古者驾车皆用四马，两服两骖，故谓之驷。
⑤旗：帛上绘熊虎者。旄：牦牛尾做装饰的旗子。　　⑥骈肩：肩相比接。累迹：迹相重叠，人多拥挤之状。　　⑦咨嗟：叹息。
⑧楚项羽屠咸阳见秦残破，思东归，曰："富贵不归故乡，如衣绣夜行。"　　⑨魏国公：韩琦，时拜右仆射，封魏国公。　　⑩琦父国华，字光弼，累官太常少卿、知泉州，迁右谏议大夫，卒。
⑪琦弱冠举进士第二名，及为学士临边，年甫三十。　　⑫高牙：牙旗。大纛（dào）：大旗。皆显贵者之仪仗。　　⑬桓圭：古代帝王与公、侯、伯、子、男等诸侯于朝聘时各执玉圭以为信符，圭

有六种，表不同的爵秩等级，"桓圭"为公爵所执，长九寸。衮裳：画卷龙于衣上，上公之服。　⑭社：土地神；稷：五谷神，诸侯祀之。国灭，则变置其社稷，故为国家之代称。　⑮勒：刻。金石：谓钟鼎碑碣之属。　⑯播：传布。　⑰武康军：见《太常博士尹君墓志铭》注。　⑱琦先经略西夏，后同平章事。⑲琦为相劝仁宗早定皇嗣，卒立濮王子宗实为皇子，是为英宗。及即位有疾，太后听政，疾瘳，琦讽太后还政，太后起，琦厉声命銮仪司撤帘，帘落，犹于御屏后见后衣。　⑳社稷之臣：谓关系国家安危之重臣。孟子："有社稷臣者，以安社稷为悦者也。"

岘山亭记①

岘山临汉上②，望之隐然，盖诸山之小者；而其名特著于荆州者③，岂非以其人哉？其人谓谁？羊祜叔子、杜预元凯是已④。

方晋与吴以兵争⑤，常倚荆州以为重，而二子相继于此，遂以平吴而成晋业⑥，其功烈已盖于当世矣。至于流风余韵，蔼然⑦被于江汉之间者，至今人犹思之。而于思叔子也尤深⑧，盖元凯以其功，而叔子以其仁，二子所为虽不同，然皆足以垂于不朽。余颇疑其反自汲汲⑨于后世之名者，何哉？传言叔子尝登兹山，慨然语其属，以谓此山常在，而前世之士，皆已湮灭于无闻，因自顾而悲伤。然独不知兹山待己而名著也⑩。元凯铭功于二石，一置兹山之上，一投汉水之渊，是知陵谷有变，而不知石有时而磨灭也⑪。岂皆自喜其名之甚，而过为无穷之虑欤？将自待者厚，而所思者远欤？山故有亭，世传以为叔子之所游止也，故其屡废而复兴者，由后世慕其名而思其人者多也。

熙宁元年，余友人史君中辉，以光禄卿来守襄阳⑫。明年，因亭之旧，广而新之。既周以回廊之壮，又大其后轩⑬，使与亭相称。君知名当世，所至有声，襄人安其政而乐从其游也，因以君之官，名其后轩为光禄堂。又欲纪其事于石，以与叔子、元凯之名并传于久远，君皆不能止也，乃来以记属于予。

予谓君知慕叔子之风，而袭其遗迹，则其为人与其志之所存者可知矣；襄人爱君而安乐之如此，则君之为政于襄者又可知矣；此襄人之所欲书也。若其左右山川之胜势，与夫草木云烟之杳霭，出没于空旷有无之间，而可以备诗人之登高，写离骚之极目者⑭，宜其览者自得之。至于亭屡废兴，或自有记，或不必究其详者，皆不复道也。熙宁三年十月二十有二日，六一居士欧阳修记⑮。

----

①岘（xiàn）山：在湖北襄阳南，东临汉水，一名岘首山。
②汉水：发源于陕西嶓冢山东南，流入湖北，过襄阳东北境，南行至潜江，东折至汉阳，入于江。　③荆州：即襄阳，晋为荆州治，宋为京西南路襄阳府。　④羊祜：字叔子，晋泰山南城人，都督荆州军事，镇襄阳，在军轻裘缓带，务修德信以怀吴人。加征南大将军，封钜平侯，进南城郡侯，疾笃，举杜预自代，卒。预：字元凯，博学，人号杜武库，以河南尹代祜为镇南大将军，伐吴，克江陵，吴平，封富阳侯，自称有《左传》癖，作《春秋左传集解》。　⑤司马炎受魏禅，国号晋，都洛阳，凡四主五十二年，为前赵所灭。元帝迁于建康，保有江南之地，是为东晋，凡十一主百零三年，禅于宋。吴：即三国时之吴国，孙权据江南，国号吴，凡四主五十九年，为晋所灭。　⑥晋武帝咸宁五年，遣琅邪王伷

及杜预、王浑、王濬等，分道伐吴，大败吴师，王濬以舟师入石头，吴主皓出降，吴亡。　⑦蔼然：和气亲人之貌。　⑧祜卒，南州士民，为之罢市巷哭，吴守边将士，亦为之泣。祜好游岘山，襄阳人建碑立庙于其地，岁时祭祀，望其碑者，无不流涕，因谓之坠泪碑。　⑨汲汲：急切的样子。　⑩祜乐山水，每造岘山，置酒言咏，终日不倦，尝慨然叹息，语从事中郎邹湛等曰："自有宇宙，便有此山，由来贤达胜士，登此远望，如我与卿者多矣，皆湮灭无闻，使人悲伤。如百岁后有知，魂魄犹应登此。"湛曰："公必与此山俱传，湛辈乃当如公言耳。"　⑪预好为后世名，尝言高岸为谷，深谷为陵，刻石为二碑纪其勋绩，一沉万山之下，一立岘山之上，曰："焉知此后不为陵谷乎？"　⑫光禄卿：官名，掌酒醴膳羞之政，宋初光禄寺置判寺事一人，以朝官以上充之。光禄卿、少卿皆为寄禄。　⑬轩：有窗的长廊或小屋。　⑭离骚：此以代诗，原为屈原之诗。　⑮修集古录一千卷，藏书一万卷，琴一张，棋一局，常置酒一壶，自谓以一翁老于其间，因号六一居士。

樊侯庙灾记①

　　郑之盗有入樊侯庙刲②神像之腹者，既而大风雨雹，近郑之田，麦苗皆死，人咸骇曰："侯怒而为之也。"

　　予谓樊侯本以屠狗立军功，佐沛公至成皇帝③，位为列侯④，邑食舞阳⑤，剖符传封⑥，与汉长久，《礼》所谓有功德于民则祀之者欤⑦！舞阳距郑既不远，又汉楚常苦战荥阳、京、索间⑧，亦侯平生提戈斩级所立功处⑨，故庙而食之宜矣。

　　方侯之参乘沛公⑩，事危鸿门⑪，振目一顾，使羽失气，其勇力足有过人者⑫，故后世言雄武称樊将军，宜其聪明正直有遗灵矣⑬。然当盗之傅⑭刀腹中，独不能保其心腹肾肠，而反贻怒于无罪之民以骋其恣睢⑮，何哉？岂生能万人敌⑯，而死不能庇一躬邪？岂不灵其神于御盗，而反神于平民以骇其耳目邪？风霆⑰雨雹，天之所以震耀威罚有司者，而侯又得以滥用之邪？

　　盖闻阴阳之气，怒则薄⑱而为风霆；其不和之甚者，凝结而为雹。方今岁且久旱，伏阴不兴，壮阳刚燥，疑有不和而凝结者，岂其适会民之自灾也邪？不然，则喑呜叱咤⑲，使风驰霆击，则侯之威灵暴矣哉！

----

　　①樊侯：名哙，汉沛（今江苏徐州治）人，初为狗屠，从高祖

起沛，累从征战，封舞阳侯。　②刳（kū）：剖也。　③沛公：即汉高祖，姓刘，名邦，字季，沛丰邑人，为泗上亭长，起兵立为沛公。受义帝命伐秦，入咸阳，项籍立为汉王，后与之战，破之垓下，遂即帝位。　④列侯：诸侯。　⑤舞阳：今河南舞阳，汉置县，宋属京西北路颍昌府。　⑥符：以竹或金玉为之，书文字其上，剖而为二，各存其一，合之以为征信，汉初剖符以封功臣。　⑦《礼记·祭法》篇："圣王之制祭祀也：法施于民则祀之，以死勤事则祀之，以劳定国则祀之，能御大灾则祀之，能捍大患则祀之。"　⑧项梁与兄子籍，起兵于吴，梁死，籍自立为西楚霸王。荥阳：故城，在今河南荥阳东南；京：故城，在今河南荥阳东南；索：故城，今荥阳，皆在郑州。汉王为项羽败于萧，收散卒屯荥阳，又与楚战京、索间破之，荥阳、成皋之间，大战七十，小战四十。　⑨秦制以斩敌首加爵。一首加一级，谓之首级。⑩参乘：亦作骖乘，古时车制，御者在中，导者在左，又一人处右，以备倾侧，戎车则称车右，余曰参乘。参：三。　⑪鸿门：在陕西临潼东，今曰项王营。　⑫沛公与项羽会鸿门，使项庄舞剑，欲杀沛公，张良出告哙，哙带剑拥盾入，瞋目视羽，目眦尽裂，羽赐以卮酒、生彘肩，立饮啗之，因责让羽，沛公遂间行亡去。　⑬灵，《左传》："神聪明正直而壹者也。"　⑭傳（zì）：插入，与"剚"通。　⑮恣睢：恣意怒视。《史记》："暴戾恣睢。"　⑯项羽少时，学书学剑均不成，愿学万人敌，梁乃教以兵法。　⑰霆：疾雷。　⑱薄：侵迫。　⑲喑呜叱咤（yīn wū chì zhà）：怒呼声。《史记》："项王喑呜叱咤，千人皆废。"

序

释秘演诗集序①

予少以进士游京师，因得尽交当世之贤豪②。然犹以谓国家臣一③四海，休兵革④，养息天下以无事者四十年；而智谋雄伟非常之士，无所用其能者，往往伏而不出，山林屠贩⑤，必有老死而世莫见者，欲从而求之不可得。其后乃得吾亡友石曼卿。曼卿为人廓然⑥有大志，时人不能用其材，曼卿亦不屈以求合，无所放其意，则往往从布衣野老酣嬉淋漓⑦，颠倒而不厌。予疑所谓伏而不见者，庶几狎⑧而得之，故尝喜从曼卿游，欲因以阴求天下奇士。

浮屠⑨秘演者，与曼卿交最久，亦能遗外世俗⑩，以气节相高，二人欢然无所间。曼卿隐于酒，秘演隐于浮屠，皆奇男子也。然喜为歌诗以自娱，当其极饮大醉，歌吟笑呼，以适天下之乐，何其壮也！一时贤士，皆愿从之游，予亦时至其室。十年之间，秘演北渡河，东之济郓⑪，无所合，困而归。曼卿已死，秘演亦老病。嗟夫！二人者，予乃见其盛衰！则予亦将老矣！

夫曼卿诗辞清绝⑫，尤称秘演之作，以为雅健有诗人之意。秘演状貌雄杰，其胸中浩然⑬，既习于佛，无所用，独其诗可行于世，而懒不自惜。已老，胠其橐⑭，尚得三四百篇，皆可喜者。曼卿死，秘演漠然无所向，闻东南多山水，其巅崖崛嵂⑮，江涛汹涌⑯，甚可壮也，遂欲往游焉，足以知其老而志在也。于其将行，为叙其诗，因道其盛时，以悲其衰。庆历二年十二月二十八日，庐陵欧阳修序。

----

①佛姓释迦，故僧皆从佛姓而称释。佛经云："汝等比丘杂类出家，皆舍本姓，称释子沙门！"秘演：山东人，工诗。　②贤豪：指在位及求仕者而言。　③臣一：臣服统一。　④古者甲胄以革为之，故谓甲曰"革"。　⑤屠贩：屠户商贩，操业之贱者。　⑥廓然：开大貌。　⑦布衣：平民百姓。《盐铁论》："古者庶人耄老而后衣丝，余仅麻枲，故曰布衣。"淋漓：沾濡尽致之貌。　⑧狎：亲近。《礼记》："贤者狎而敬之。"　⑨浮屠：同"浮图"，皆佛陀之异译。佛教为佛所创，故佛教徒皆称浮屠，寺、塔亦称浮屠。　⑩谓置世俗事于度外而若遗也。　⑪济：今山东济南等地，宋为京东东路济南府。　⑫曼卿工诗，石介作《三豪诗》，谓修豪于文，曼卿豪于诗，杜默豪于歌。　⑬浩然：广大貌。　⑭胠（qū）：打开。庄子有《胠箧》篇。橐（tuó）：口袋。　⑮崛嵂（jué lù）：山高峻貌。　⑯汹涌：水之声势。

释惟俨文集序

　　惟俨姓魏氏，杭州人。少游京师三十余年，虽学于佛，而通儒术，喜为辞章①，与吾亡友曼卿交最善。曼卿遇人无所择，必皆尽其忻②欢。惟俨非贤士不交，有不可其意，无贵贱，一切闭拒，绝去不少顾。曼卿之兼爱，惟俨之介③，所趣虽异，而交合无所间。曼卿尝曰："君子泛爱④而亲仁。"惟俨曰："不然，吾所以不交妄人⑤，故能得天下士；若贤不肖混，则贤者安肯顾我哉？"以此一时贤士多从其游。

　　居相国浮图⑥，不出其户十五年。士尝游其室者，礼之惟恐不至；及去为公卿贵人，未始一往干之⑦。然尝窃怪平生所交皆当世贤杰，未见卓卓⑧著功业如古人可记者。因谓世所称贤材，若不笞兵走万里⑨，立功海内，则当佐天子号令，赏罚于明堂⑩。苟皆不用，则绝宠辱，遗世俗，自高而不屈，尚安能酣豢于富贵而无为哉？醉则以此诮其坐人，人亦复之⑪。以谓遗世自守，古人之所易，若奋身逢时，欲必就功业，此虽圣贤难之，周、孔所以穷达异也⑫。今子老于浮图，不见用于世，而幸不践穷亨之途，乃以古事之已然，而责今人之必然邪？

　　虽然，惟俨傲乎退偃于一室⑬，天下之务，当世之利病，听其言终日不厌，惜其将老也已！曼卿死，惟俨亦买地京城之东，以谋其终。乃敛平生所为文数百篇示予，曰："曼卿之死，既已表其墓，愿为我序其文，然及我之见也。"嗟夫！惟俨既不用于世，其材莫见于时，若考其笔墨驰骋文章赡⑭逸之能，可以见其志矣！庐陵欧阳永叔序。

----

①辞章：文章，通作"词章"。　　②忻：与"欣"通。
③介：坚确不拔。《孟子》："柳下惠不以三公易其介。"
④泛爱：博爱。《论语》："泛爱众，而亲仁。"　　⑤妄人：无知妄作之人。《孟子》："是亦妄人也已矣。"　　⑥相国浮图：即相国寺，汴京名刹。　　⑦干：求也。　　⑧卓卓：特立貌。
⑨笞：捶击。此为驱策之意。　　⑩明堂：明政教之堂。据《明堂位》之说，则为坛于广场中，设斧扆为天子之位，外建四门；据《月令》之说，则中建太室，四方建青阳明堂总章玄，堂各三室，中一室为太庙，旁谓之左右个；据《考工记》之说，则明堂平列五室，即古寝庙之制；据《大戴礼》之说，则谓明堂九室三十六户七十二牖，以茅盖屋，上圆下方，外环以水曰辟雍，即太学也。孟子："夫明堂者，王者之堂也。"　　⑪复：答也。《书》："说复于王。"　　⑫周公相成王，封于鲁；孔子周流列国，不遇而反，所谓穷达异也。　　⑬偃：伏止。　　⑭赡：丰富。

集古录目序①

物常聚于所好，而常得于有力之强②。有力而不好，好之而无力，虽近且易，有不能致之。

象犀虎豹③，蛮④夷山海杀人之兽，然其齿角皮革，可聚而有也。玉出昆仑流沙万里之外⑤，经十余译⑥，乃至乎中国。珠出南海，常生深渊，采者腰绳而入水⑦，形色非人⑧，往往不出，则下饱鲛鱼⑨。金矿于山，凿深而穴远，篝火糇粮而后进⑩，其崖崩窟塞，则遂葬于其中者，率常数十百人。其远且难而又多死祸，常如此。然而金玉珠玑⑪，世常兼聚而有也。凡物好之而有力，则无不至也。

汤盘、孔鼎、岐阳之鼓⑫，岱山、邹峄、会稽之刻石⑬，与夫汉、魏已来⑭，圣君贤士桓碑⑮彝器，铭诗序记⑯，下至古文、籀、篆、分、隶诸家之字书⑰，皆三代以来至宝，怪奇伟丽、工妙可喜之物。其去人不远，其取之无祸。然而风霜兵火，湮沦磨灭⑱，散弃于山崖墟莽之间⑲，未尝收拾者，由世之好者少也。幸而有好之者，又其力或不足，故仅得其一二，而不能使其聚也。

夫力莫如好，好莫如一。予性颛⑳而嗜古，凡世人之所贪者，皆无欲于其间，故得一其所好于斯。好之已笃，则力虽未足，犹能致之。故上自周穆王以来㉑，下更秦、汉、隋、唐、五代㉒，外至四海九州㉓，名山大泽，穷崖绝谷，荒林破冢，神仙鬼物，诡怪所传，莫不皆有，以为《集古录》。以谓转写失真，故因其石本㉔，轴而藏之㉕。有卷帙次第㉖，而无时世之先后，盖取其多而未已，故随其所得而录之。又以谓聚多而终必散，乃撮㉗其大要，别为录目㉘，因并载夫可与史传正其阙谬者，以传后学，庶益于多闻。

或讥予曰："物多则其势难聚，聚久而无不散，何必区区于是哉？"予对曰："足吾所好，玩而老焉，可也。象犀金玉之聚，其能果不散乎？予固未能以此而易彼也。"庐陵欧阳修序。

----

①修集录古金石之文千卷，各为跋尾，凡四百余篇，分为十卷。　②购之有资，求之能勤，皆强有力也。　③犀：兽名，较象略小，角生鼻端，质坚致可制器，革厚足以制甲。　④南方之种族曰"蛮"。　⑤昆仑：山名，为亚洲最大山脉，分西中东三部，绵亘新疆、西藏、青海等地，中国本部，及蒙古东北诸山，皆其支脉，古史所谓昆仑山，则专指中昆仑之南部，在甘肃、新疆之间者而言。流沙：即沙漠，今新疆大戈壁。　⑥谓相去遥远。须辗转传译十余次，乃通其言语。　⑦腰绠：谓腰系大绳。⑧谓艰险之极，面无人色。　⑨鲛：即鲨鱼，产于南海，长者二丈许，齿极利，性凶暴，能食人。　⑩篝：以笼蔽火。糇：干粮。　⑪玑：珠之不圆者。　⑫汤盘：汤沐浴之盘，其铭曰：

"苟日新，又日新，日日新。"见《礼记·大学》篇。孔鼎：孔子七世祖，宋正考父庙鼎，其铭曰："一命而偻，再命而伛，三命而俯，循墙而走，亦莫余敢侮。饘于是，鬻于是，以餬余口。"见《左传》昭公七年。岐阳：岐山之阳，唐置县，属关内道凤翔府，今陕西岐山。鼓：周宣王石鼓，凡十，经约三尺余，文为周之大篆，唐时始为人知，相传为成周猎碣。或曰，成王时物，其文之可读者，约四百六十余字。　⑬岱山：即泰山；邹峄：即峄山，在山东邹县东南；会稽：今浙江绍兴有稽山。三者皆有秦始皇颂德碑，或二世诏，多李斯篆刻石。按《史记》称，秦始皇帝行幸天下，凡六刻石，二世立，又刻诏书于旁。　⑭魏：即三国时之魏，曹丕篡汉，国号魏，都洛阳，凡五主四十六年，禅于晋。　⑮桓碑：指墓碑。　⑯铭：用以警戒，或称述功德之文，古多刻钟鼎及日用之器，后或刻之于碑。　⑰古文：周时蝌蚪文字。籀（zhòu）：即大篆，周宣王时太史籀所作，故名。篆：小篆，秦丞相李斯所作，文视籀文为省，亦曰秦篆。许慎《说文》九千三百五十三文，皆小篆。分：八分，蔡琰曰："割程邈隶字八分，取二分；割李斯篆字二分，取八分，故名。"或曰：秦王次仲所作。隶：见《河南府司录张君墓表》注。　⑱湮：湮没。沦：沉沦。　⑲墟莽：墟墓草莽。　⑳颛：与"专"通，又愚蒙，扬子《法言》序："倥侗颛蒙。"　㉑周穆王：名满，昭王子，即位时年五十余，在位五十五年。按《集古录》有周穆王刻石曰："吉日癸巳。"在赞皇坛山上，后修又从刘敞原父，得武王时毛伯敦，龚伯彝、伯庶父敦诸铭，当作序时，但有伯冏铭吉日癸巳字为最远，故云。㉒北周相国杨坚，初封于随，后受周禅，旋灭陈，统一中国。去辵作隋，为国号，凡四帝二十九年，禅于唐。　　㉓古分天下为九州，制各不同：夏为冀、兖、青、徐、豫、荆、扬、雍、梁，见《禹贡》；商为冀、豫、徐、雍、荆、扬、幽、兖、营，见《尔雅》；周为扬、荆、豫、青、兖、雍、幽、冀、并，见《周礼》。㉔石本：石碑之拓本。　　㉕轴：卷轴。古书皆用卷子，卷端有椽，贯其中心，亦谓之轴，按修集古碑，每卷碑在前，跋在后，衔幅用名印，标以缃纸，束以缥带，题签曰某碑卷第几。　　㉖卷帙：古书皆用卷子，可以舒卷，以囊盛之，故曰卷帙。　　㉗撮：采取。　　㉘录目：即目录，按修子棐（字叔弼），有集古录目记，谓修云吾跋诸卷之尾三百九十六篇，若撮其大要，别为录目，则吾未暇，棐乃尽发千卷，著其大略为十卷，以附跋尾之后云云，与序稍异。

苏氏文集序

予友苏子美之亡后四年，始得其平生文章遗稿于太子太傅杜公之家，而集录之以为十卷。子美，杜氏婿也，遂以其集归之，而告于公曰："斯文，金玉也，弃掷埋没，粪土不能销蚀①。其见遗于一时，必有收而宝之于后世者；虽其埋没而未出，其精气光怪，已能常自发见，而物亦不能掩也。故方其摈斥摧挫、流离穷厄之时②，文章已自行于天下；虽其怨家仇人，及尝能出力而挤之死者，至其文章则不能少毁而掩蔽之也。凡人之情，忽近而贵远，子美屈于今世犹若此，其伸于后世宜如何也！公其可无恨！"

予尝考前世文章政理之盛衰，而怪唐太宗③致治几乎三王之盛，而文章不能革五代之余习④。后百有余年，韩、李之徒出⑤，然后元和⑥之文始复于古。唐衰兵乱，又百余年，而圣宋兴，天下一定，晏然⑦无事。又几百年，而古文始盛于今⑧。自古治时少而乱时多，幸时治矣，文章或不能纯粹⑨，或迟久而不相及，何其难之若是欤？岂非难得其人欤？苟一有其人，又幸而及出于治世，世其可不为之贵重而爱惜之欤？嗟吾子美！以一酒食之过⑩，至废为民而流落以死！此其可以叹息流涕，而为当世仁人君子之职位，宜与国家乐育贤材者惜也⑪！

　　子美之齿少于予⑫，而予学古文反在其后。天圣之间，予举进士于有司，见时学者务以言语声偶摘裂⑬，号为时文，以相夸尚；而子美独与其兄才翁及穆参军伯长⑭，作为古歌诗杂文，时人颇共非笑之，而子美不顾也。其后天子患时文之弊，下诏书讽勉学者以近古，由是其风渐息，而学者稍趋于古焉。独子美为于举世不为之时，其始终自守，不牵世俗趋舍，可谓特立之士也。

　　子美官至大理评事、集贤校理而废，后为湖州长史以卒，享年四十有一。其状貌奇伟，望之昂然⑮，而即之温温⑯，久而愈可爱慕。其材虽高，而人亦不甚嫉忌，其击而去之者，意不在子美也。赖天子聪明仁圣，凡当时所指名而排斥⑰，二三大臣而下，欲以子美为根而累之者，皆蒙保全，今并列于荣宠。虽与子美同时饮酒得罪之人，多一时之豪俊，亦被收采，进显于朝廷。而子美独不幸死矣，岂非其命也？悲夫！庐陵欧阳修序。

----

　　①蚀：日月食，凡物之侵蠹者亦曰蚀。　　②摈斥：弃逐。摧挫：折磨。　　③唐太宗：姓李名世民，高祖次子，佐高祖成帝业，及即位，励精图治，用房玄龄、杜如晦等为相，去奢轻赋，宽刑整武，海内升平威及域外，在位二十三年卒。　　④五代：谓宋、齐、梁、陈、隋。唐初文章，如王勃、杨炯、卢照邻、骆宾王等，皆沿用骈偶，不脱五代绮靡之习。　　⑤韩：韩愈，见《祖徕石先生墓志铭》注。李：李翱，字习之，凉武昭王后，举进士，调

校书郎，知制诰，至山南东道节度使，检校户部尚书，卒谥文。从韩愈为古文，词致浑厚，见推当时，有《李文公集》十八卷行世。⑥元和：唐宪宗年号。　⑦晏然：安静貌。　⑧宋初学士时文，仍沿五季之习，柳开、仲涂始倡为古文，修及尹洙等继之，古文始盛。　⑨粹：精专。　⑩酒食之过：指进奏院祠神用故纸钱宴客事，详《湖州长史苏君墓志铭》注。　⑪《孟子》："……得天下英材而教育之，三乐也。"语意本此。　⑫齿：年。《礼记·文王世子》："古者谓年，龄。齿亦龄也。"　⑬声偶：声调对偶。摘：裂，谓挑摘碎裂，务为琐细。　⑭才翁：《宋史》作子翁，名舜元，官至尚书度支员外郎，三司度支判官，歌诗豪健，尤善草书，子美莫及。穆参军伯长：名修，郓州人，为颖州文学参军，徙蔡州，卒，以古文称于时。子美兄弟多从之游，有《穆参军集》三卷。参军，为郡之曹官。　⑮昂然：高举不屈之貌。　⑯即：就，靠近。温温：和也。《论语》："即之也温。"　⑰指名：见《史记》，东阳人欲立陈婴为王，婴母曰："不如有所属。事败易以亡，非世所指名也。"

送杨寘序①

予尝有幽忧之疾②。退而闲居，不能治也。既而学琴于友人孙道滋③，受宫声数引④，久而乐之，不知疾之在其体也。夫疾，生乎忧者也。药之毒者能攻其疾之聚，不若声之至者能和其心之所不平。心而平，不和者和，则疾之忘也，宜哉！

夫琴之为技小矣。及其至也，大者为宫，细者为羽⑤，操弦骤作，忽然变之，急者凄然以促，缓者舒然以和。如崩崖裂石，高山出泉，而风雨夜至也；如怨夫寡妇之叹息，雌雄雍雍⑥之相鸣也。其忧深思远⑦，则舜与文王、孔子之遗音也⑧；悲愁感愤，则伯奇孤子、屈原忠臣之所叹也⑨。喜怒哀乐，动人心深，而纯古淡泊，与夫尧、舜、三代之言语、孔子之文章、《易》之忧患、《诗》之怨刺无以异。其能听之以耳，应之以手，取其和者，道其堙⑩郁，写其忧思，则感人之际，亦有至者焉。是以不可以不学也。

予友杨君，好学有文，累以进士举，不得志。及从荫调为尉于剑浦⑪，区区在东南数千里外，是其心固有不平者。且少又多疾，而南方少医药，风俗饮食异宜。以多疾之体，有不平之心，居异宜之俗，其能郁郁以久乎？然欲平其心以养其疾，于琴亦将有得焉。故予作《琴说》以赠其行，且邀道滋酌酒进琴以为别。

----

①按《宋史·文苑传》，杨寘，字审贤，合肥人，察之弟，庆历二年举进士第一，授将作监丞，通判颍州，以母忧不赴，毁瘠卒。修序作于庆历七年，有累举进士不得志等语，与传异，疑另一人，待考。　②《庄子》："尧让天下于子州支父。子州支父曰：'我适有幽忧之病，方且治之，未暇治天下也。'"谓其病深固。　③孙道滋：修友。《于役志》载：初贬夷陵，累与道滋等夜饮，鼓琴留宿为别。　④宫声：为五声之最浊最下者。《公羊传》注："闻宫声使人温雅而广大。"琴曲曰"引"。　⑤羽为五声中之最清最高者。　⑥雍雍：和也。　⑦吴季札聘鲁观乐，为之歌《唐》，曰："思深哉！甚有陶唐氏之遗民乎！不然，何忧之远也。"见《左传》。　⑧舜作五弦之琴，以歌《南风》，曰："南风之薰兮！可以解吾民之愠兮！南风之时兮！可以阜吾民之财兮！"文王为西伯时，纣拘之于羑里，文王忧愁，援琴而鼓之，曰《拘幽操》。孔子学琴于师襄，曰《文王操》，去鲁作《龟山操》，将适晋闻杀窦鸣犊、舜华，止于息陬，为《陬操》。⑨伯奇：尹吉甫子，吉甫听后妻之言，疑而逐之，伯奇自伤见放，援琴作《履霜操》，投河而死。屈原：名平，字灵均，战国时楚人，仕楚为三闾大夫，怀王信谗，作《离骚》以悟之，后自沉于汨罗江而死。《论语》："子贡曰：'夫子之文章，可得而闻也。'"文章，如《易》《春秋》之属。《易经·系辞传》："孔子曰：'《易》之兴也，其于中古乎！作《易》者其有忧患乎！'"《汉书·礼乐志》："周道始缺，怨刺之诗起。"谓《变

风》《变雅》之诗。　　⑩堙：塞也。　　⑪荫调：谓袭先世之勋荫而迁调。剑浦：今福建南平，宋属福建路南剑州。

送田画秀才宁亲万州序①

五代之初，天下分为十三四②。及建隆之际③，或灭或微，其在者犹七国④，而蜀与江南地最大⑤。以周世宗之雄⑥，三至淮上不能举李氏⑦。而蜀亦恃险为阻，秦陇、山南皆被侵夺⑧；而荆人缩手归峡⑨，不敢西窥以争故地⑩。及太祖受天命，用兵不过万人，举两国如一郡县吏⑪，何其伟欤！

当此之时，文初⑫之祖，从诸将西平成都⑬，及南攻金陵，功最多，于时语名将者，称田氏。田氏功书史官，禄世于家，至今而不绝。及天下已定，将率⑭无所用其武，士君子争以文儒进，故文初将家子，反衣白衣⑮从乡进士举于有司，彼此一时，亦各遭其势而然也。

文初辞业通敏⑯，为人敦洁可喜。岁之仲春，自荆南⑰西拜其亲于万州，维⑱舟夷陵。予与之登高以远望，遂游东山，窥绿萝溪，坐磐石⑲，文初爱之，数日乃去。夷陵者，其地志云："北有夷山以为名。"或曰巴峡之险⑳，至此地始平夷。盖文初所见，尚未为山川之胜者。由此向上，溯江湍㉑，入三峡，险怪奇绝，乃可爱也。当王师伐蜀时，兵出两道：一自凤州以入㉒，一自归州取忠、万以西㉓，今之所经，皆王师向所用武处，览其山川，可以慨然而赋矣㉔。

----

①宋时凡士子应举者皆曰秀才。宁：省视。万州：今重庆万州区，宋属夔州路。　　②五代除十国外，初尚有李茂贞据凤翔为岐王，刘守光据幽州为燕王，李克用未灭梁时，据河东为晋王，不下十三四国。　　③建隆：宋太祖即位年号。　　④时尚余南唐、南汉、北汉、蜀、吴越五国，及荆南、湖南、漳泉三镇。　　⑤蜀：后蜀。后唐灭前蜀，以孟知祥为西川节度使，后反，取东川，据全蜀，旋称帝。传子昶，为宋所灭。江南：即南唐，见《丰乐亭记》注。　　⑥周世宗：名荣，本柴守礼子，周太祖郭威，养以为子，继位六年，卒，传子恭帝，禅于宋。　　⑦世宗显德三年，亲征淮南。次年，又以水军入淮。十一月，复自将伐唐，攻濠、泗州，唐遣使献江北地，乃还。　　⑧秦陇、山南：今陕西南境，唐为山南道。后汉时，晋昌节度使赵匡赞，凤翔节度使侯益，并降于蜀，汉遣王景崇经略关中，亦叛降蜀，蜀改凤翔为岐阳军。　　⑨荆：荆南，后梁以高季昌为荆南节度使，后更名季兴，传子从诲，从诲传子保融、保勖，保勖传保融子继冲，降于宋。归：归州，今湖北秭归，宋属荆湖北路。峡：峡州，今湖北宜昌，宋属荆湖北路。
⑩故地：谓忠、万、夔、施，旧隶荆南，皆为蜀所侵。　　⑪郡县吏无兵权，异对封建藩镇，言取之甚易。　　⑫文初：田画字。按《宋史》，田钦祚，颍州汝阴人，讨蜀时，为北路先锋都监，后讨江南，领兵败吴军于溧水，进围金陵，平之，为银、夏、绥、宥都巡检使，卒。当即文初之祖。　　⑬成都：今四川成都，蜀孟昶都之，乾德二年，遣王全斌、崔彦进由凤州，刘廷让、曹彬由归州分道伐蜀，次年正月，进次魏城，蜀主降。　　⑭率：与"帅"通。

⑮古未仕者穿白衣。　　⑯辞业：文章。　　⑰荆南：今湖北南境。　　⑱维：系也。　　⑲磐石：大石。　　⑳长江自巫山入巴东，称巴峡，其最险处称黄牛滩。　　㉑湍：急流。　　㉒凤州：今陕西凤县，宋属陕西秦凤路。　　㉓忠：忠州，今重庆忠县，宋属夔州路。　　㉔《诗毛传》称君子有九能，可以为大夫，"升高能赋""山川能说"，九能中之二也。

梅圣俞诗集序

予闻世谓诗人少达而多穷，夫岂然哉？盖世所传诗者，多出于古穷人之辞也。凡士之蕴其所有，而不得施于世者，多喜自放于山巅水涯之外，见虫鱼草木风云鸟兽之状类①，往往探其奇怪。内有忧思感愤之郁积，其兴于怨刺，以道羁臣②、寡妇之所叹，而写人情之难言，盖愈穷而愈工。然则非诗之能穷人，殆穷者而后工也。

予友梅圣俞，少以荫补为吏。累举进士，辄抑于有司，困于州县，凡十余年。年今五十，犹从辟书③，为人之佐④。郁其所畜，不得奋见于事业。其家宛陵，幼习于诗，自为童子，出语已惊其长老⑤；既长，学乎六经仁义之说。其为文章，简古纯粹，不求苟说于世，世之人徒知其诗而已。然时无贤愚，语诗者必求之圣俞。圣俞亦自以其不得志者，乐于诗而发之。故其平生所作，于诗尤多。世既知之矣，而未有荐于上者。昔王文康公尝见而叹曰："二百年无此作矣！"虽知之深，亦不果荐也。若使其幸得用于朝廷，作为雅颂，以歌咏大宋之功德，荐之清庙⑥，而追商、周、鲁《颂》之作者⑦，岂不伟欤！奈何使其老不得志，而为穷者之诗，乃徒发于虫鱼物类、羁愁感叹之言？世徒喜其工，不知其穷之久而将老也！可不惜哉！

圣俞诗既多，不自收拾。其妻之兄子谢景初⑧，惧其多而易失也，取其自洛阳至于吴兴已来所作，次为十卷。予尝嗜圣俞诗，而患不能尽得之，遽喜谢氏之能类次也⑨，辄序而藏之。

其后十五年，圣俞以疾卒于京师。余既哭而铭之，因索于其家，得其遗稿千余篇，并旧所藏，掇其尤⑩者七百七十七篇，为一十五卷。呜呼！吾于圣俞诗论之详矣，故不复云⑪！庐陵欧阳修序。

----

①《论语》："多识于鸟兽草木之名。"谓学诗也。　②羁臣：羁旅之臣。　③辟书：征召掾属之书。　④佐：郡县之佐。圣俞尝为县主簿，见《墓志铭》。　⑤长老：年高者之通称。　⑥荐：进用。清庙：周祀文王之庙，以文王有清明之德，故名。　⑦《商颂》：宋戴公时，正考父得之于周太师，共十二篇，归以祀其先王，孔子删诗时，余《那》等五篇。《周颂》：周初宗庙之乐歌，多周公所定，亦有康王以后之诗，有《清庙》等三十一篇。《鲁颂》：鲁之庙乐，旧谓皆鲁僖公之诗，有《駉》等四篇。　⑧谢景初：谢绛长子。　⑨遽：语助辞，遂，于是。⑩尤：优，佳。　⑪谓前论之已详，兹不再云。《居士外集》尚有《书梅圣俞稿后》一文，当即指此。

送徐无党南归序①

　　草木鸟兽之为物，众人之为人，其为生虽异，而为死则同，一归于腐坏渐②尽泯灭而已。而众人之中，有圣贤者，固亦生且死于其间，而独异于草木鸟兽众人者，虽死而不朽，逾远而弥存也。其所以为圣贤者，修之于身，施之于事，见之于言，是三者所以能不朽而存也③。修于身者，无所不获；施于事者，有得有不得焉；其见于言者，则又有能有不能也。施于事矣，不见于言可也。自《诗》《书》《史记》所传④，其人岂必皆能言之士哉？修于身矣，而不施于事，不见于言，亦可也。孔子弟子，有能政事者矣，有能言语者矣⑤，若颜回者⑥，在陋巷，曲肱⑦饥卧而已，其群居则默然终日如愚人。然自当时群弟子皆推尊之，以为不敢望而及⑧，而后世更百千岁，亦未有能及之者。其不朽而存者，固不待施于事，况于言乎？

　　予读班固《艺文志》⑨，唐《四库书目》⑩，见其所列，自三代、秦、汉以来，著书之士，多者至百余篇，少者犹三四十篇，其人不可胜数，而散亡磨灭，百不一二存焉。予窃悲其人，文章丽矣，言语工矣，无异草木荣华之飘风⑪，鸟兽好音之过耳也！方其用心与力之劳，亦何异众人之汲汲营营？而忽焉以死者，虽有迟有速，而卒与三者⑫同归于泯灭。夫言之不可恃也盖如此。今之学者，莫不慕古圣贤之不朽，而勤一世以尽心于文字间者，皆可悲也！

东阳徐生⑬，少从予学为文章，稍稍见称于人。既去，而与群士试于礼部，得高第，由是知名。其文辞日进，如水涌而山出，予欲摧其盛气而勉其思也，故于其归，告以是言。然予固亦喜为文辞者，亦因以自警焉。

----

①徐无党：永康（浙江）人，与弟无逸等从修学古文辞，尝为修注《五代史》。皇祐中，举进士，宰渑池，为郡教授以卒。②渐：尽也。　③《左传·襄二十四年》：鲁叔孙豹与晋范匄论三不朽，曰："太上有立德，其次有立功，其次有立言，虽久不废，此之谓不朽。"语意本此。　④《史记》：古史书之统称，《春秋·序》："《春秋》者鲁《史记》之名也。"孔子约《史记》而修《春秋》，《史记·六国表》："秦烧天下《诗》《书》，诸侯《史记》尤甚。"　⑤德行、言语、政事、文学，为孔门四科，孔子各因其材而设教焉。《论语》："德行：颜渊、闵子骞、冉伯牛、仲弓，言语：宰我、子贡，政事：冉有、季路，文学：子游、子夏。"　⑥颜回：字子渊，鲁人，孔子弟子，少孔子三十岁，年三十二卒，后世称为复圣。　⑦肱：臂自肘及腕。孔子曰："饭疏食饮水，曲肱而枕之，乐亦在其中矣。"见《论语》。　⑧颜回一箪食，一瓢饮，在陋巷，不改其乐。又孔子与回言，终日不违如愚，问子贡与回孰与曰："赐也何敢望回！"皆见《论语》。　⑨班固：字孟坚，东汉安陵人。彪长

子，博通载籍，明帝时，典校秘书，彪作《西汉书》未成，固续成之，凡百二十卷。《艺文志》：《汉书》八志之一，汇录当时所存典籍，仿刘歆《七略》为之。　　⑩唐开元时，两都各聚书四部，以甲乙丙丁为次，列经史子集四库，著录者五万三千余卷，又唐人书二万八千余卷，置知书官八人分掌之。　　⑪《尔雅》："木谓之华，草谓之荣。"言草木开花。　　⑫三者：指草木、鸟兽、众人而言。　　⑬东阳：今浙江东阳，宋属浙东路婺州。

江邻几文集序①

余窃不自揆②，少习为铭章，因得论次当世贤士大夫功行。自明道、景祐以来，名卿巨公，往往见于余文矣。至于朋友故旧，平居握手言笑，意气伟然，可谓一时之盛。而方从其游，遽哭其死，遂铭其藏者，是可叹也！盖自尹师鲁之亡，逮③今二十五年之间，相继而殁，为之铭者，至二十人；又有余不及铭，与虽铭而非交且旧者，皆不与焉。呜呼！何其多也！不独善人君子，难得易失，而交游零落如此，反顾身世死生盛衰之际，又可悲夫！

而其间又有不幸罹忧患④，触网罗⑤，至困厄流离以死，与夫仕宦连蹇⑥，志不获伸而殁，独其文章尚见于世者，则又可哀也欤！然则虽其残篇断稿，犹为可惜，况其可以垂世而行远也？故余于圣俞子美之殁，既已铭其圹，又类集其文而序之，其言尤感切而殷勤者，以此也。

陈留⑦江君邻几，常与圣俞、子美游，而又与圣俞同时以卒。余既志而铭之，后十有五年，来守淮西⑧，又于其家得其文集而序之。邻几毅然⑨仁厚君子也，虽知名于时，仕宦久而不进，晚而朝廷方将用之，未及而卒。其学问通博，文辞雅正深粹，而论议多所发明，诗尤清淡闲肆可喜。然其文已自行于世矣，固不待余言以为轻重，而余特区区于是者，盖发于有感而云然。熙宁四年三月，六一居士序。

----

①江邻几：名休复，开封陈留人，为文淳雅，尤长于诗。累官集贤校理，修起居注，迁刑部郎中卒。著《唐宣鉴》十五卷，《春秋世论》三十卷，《文集》二十卷，又作《神告》一篇，言立皇储事。　　②揆：度；不自揆：犹言不自量，谦词。　　③逮：及也。　　④罹：遭遇。　　⑤触网罗：谓罹刑辟，犹言刑网。⑥连蹇：行而不进貌。《楚辞》："驴骡连蹇而齐足。"　　⑦陈留：今河南开封，宋属京畿路开封府。　　⑧淮西：蔡州。熙宁三年，修知蔡州，蔡州在淮水以西，故曰淮西。　　⑨毅然：果决之貌。

传

六一居士传

六一居士初谪滁山，自号醉翁。既老而衰且病，将退休于颍水①之上，则又更号六一居士。

客有问曰："六一何谓也？"居士曰："吾家藏书一万卷，集录三代以来金石遗文一千卷，有琴一张②，有棋一局③，而常置酒一壶。"客曰："是为五一尔，奈何？"居士曰："以吾一翁，老于此五物之间，是岂不为六一乎？"

客笑曰："子欲逃名者乎④？而屡易其号，此庄生所诮畏影而走乎日中者也⑤；余将见子疾走大喘渴死，而名不得逃也。"居士曰："吾固知名之不可逃，然亦知乎不必逃也。吾为此名，聊以志吾之乐尔。"客曰："其乐如何？"居士曰："吾之乐可胜道哉！方其得意于五物也，泰山在前而不见，疾雷破柱而不惊⑥。虽响九奏于洞庭之野⑦，阅大战于涿鹿之原⑧，未足喻其乐且适也。然常患不得极吾乐于其间者，世事之为吾累者众也。其大者有二焉：轩裳珪组劳吾形于外⑨，忧患思虑劳吾身于内，使吾形不病而已悴，心未老而先衰，尚何暇于五物哉？虽然，吾自乞其身于朝者三年矣⑩；一日，天子恻然哀之，赐其骸骨，使得与此五物偕返于田庐，庶几偿其夙愿焉⑪，此吾之所以志也。"

客复笑曰："子知轩裳珪组之累其形，而不知五物之累其心乎？"居士曰："不然。累于彼者已劳矣，又多忧；累于此者既佚矣，幸无患；吾其何择哉？"于是与客俱起，握手大笑曰："置之！区区不足较也。"已而叹曰："夫士少而仕，老而休，盖有不待七十者矣⑫，吾素慕之，宜去一也。吾尝用于时矣，而讫无称焉⑬，宜去二也。壮犹如此，今既老且病矣，乃以难强⑭之筋骸，贪过分之荣禄，是将违其素志，而自食其言⑮，宜去三也。吾负三宜去，虽无五物，其去宜矣，复何道哉？"熙宁三年九月七日，六一居士自传。

----

①颍水：出河南登封西境颍谷，东南流会沙河、贾鲁河诸水，入安徽境，经太和阜阳颍上，而入于淮。按皇祐元年，修知颍州，乐其西湖之胜，将买田卜居，熙宁元年，遂筑第于颍，终焉。
②凡物之可以张弛者皆以张计，幄幕、弓弩、琴瑟之类。　③局：棋枰。　④逃名：谓避其名而不居。《后汉书》："逃名而名我随。"　⑤庄生：名周，战国蒙人，尝为漆园吏，其学无所不窥，大要归本于老子，著书十余万言，号《庄子》，唐玄宗诏号为《南华真经》，大多为寓言。《庄子·渔父》篇："人有畏影恶迹而去之者，举足愈数而迹愈多，走愈疾而影不离身，自以为尚迟，疾走不休，绝力而死。"　⑥晋刘伶《酒德颂》："静听不闻雷霆之声，熟视不睹泰山之形。"语意本此。　⑦凡乐作谓之

"奏"。《史记》："赵简子梦之帝所，与百神游于钧天广乐，九奏万舞，不类三代之乐。"《庄子》："黄帝张咸池之乐，于洞庭之野。"　　⑧涿鹿：山名，在河北涿鹿东南，黄帝诛蚩尤于涿鹿之野，蚩尤作大雾，帝作指南车以示四方，遂戮蚩尤。　　⑨轩裳：卿大夫之车服；珪：同"圭"；组：印绶，皆贵者之器。⑩仕者委身于君，故致仕为乞身，亦曰乞骸骨。　　⑪夙愿：旧愿。⑫《礼》："大夫七十而致事。"谓告老。　　⑬称（chēng）：适合。　　⑭强：勉强。　　⑮食言：谓行反其言。《左传》："孟武伯恶郭重何肥也？公曰：'是食言多矣，能无肥乎？'"

桑怿传①

　　桑怿，开封雍丘人②。其兄慥，本举进士有名，怿亦举进士，再不中，去游汝、颍间③，得龙城废田数顷④，退而力耕。岁凶，汝旁诸县多盗，怿白⑤令：“愿为耆长⑥，往来里中察奸民。”因召里中少年，戒曰：“盗不可为也！吾在此，不汝容也！”少年皆诺。里老父子死未敛，盗夜脱其衣；里父老怯，无他子，不敢告县，赢⑦其尸，不能葬。怿闻而悲之，然疑少年王生者，夜入其家，探其箧⑧，不使之知觉。明日遇之，问曰：“尔诺我不为盗矣，今又盗里父子尸者，非尔邪？”少年色动；即推仆地⑨，缚之。诘共盗者，王生指某少年，怿呼壮丁守王生，又自驰取某少年者，送县，皆伏法⑩。

　　又尝之郏城⑪，遇尉方出捕盗，招怿饮酒，遂与俱行。至贼所藏，尉怯，阳⑫为不知以过，怿曰：“贼在此，何之乎？”下马独格⑬杀数人，因尽缚之。又闻襄城⑭有盗十许人，独提一剑以往，杀数人，缚其余。汝旁县为之无盗。京西转运使⑮奏其事，授郏城尉。

　　天圣中，河南诸县多盗，转运奏移渑池尉⑯。崤，古险地⑰，多深山，而青灰山尤阻险，为盗所恃。恶盗王伯者，藏此山，时出为近县害。当此时，王伯名闻朝廷，为巡检者⑱，皆授名以捕之⑲。既怿至，巡检者伪为宣头以示怿⑳，将谋招出之。怿信之，不疑其伪也。因谍㉑知伯所在，挺身㉒入贼中招之，与伯同卧起十余日，乃出。巡检者反以兵邀于山口，怿几不自免。怿曰："巡检授名，惧无功尔。"即以伯与巡检，使自为功，不复自言。巡检俘献京师，朝廷知其实，罪黜巡检。

怿为尉岁余，改授右班殿直、永安县巡检。明道、景祐之交，天下旱蝗，盗贼稍稍起，其间有恶贼二十三人，不能捕，枢密院以传㉓召怿至京，授二十三人名，使往捕。怿谋曰："盗畏吾名，必已溃，溃则难得矣，宜先示之以怯。"至则闭栅㉔，戒军吏无一人得辄出。居数日，军吏不知所为，数请出自效，辄不许。既而夜与数卒变为盗服以出，迹㉕盗所尝行处，入民家，民皆走，独有一媪留㉖，为作饮食，馈之如盗。乃归，复避栅三日，又往，则携其具就媪馔，而以其余遗媪，媪待以为真盗矣。乃稍就媪，与语及群盗辈。媪曰："彼闻桑怿来，始畏之，皆遁矣；又闻怿闭营不出，知其不足畏，今皆还也。某在某处，某在某所矣。"怿尽钩㉗得之。复三日，又往，厚遗之，遂以实告曰："我，桑怿也，烦媪为察其实而慎勿泄！后三日，我复来矣。"后又三日往，媪察其实审矣。明旦，部分㉘军士，用甲若干人于某所取某盗，卒若干人于某处取某盗。其尤强者在某所，则自驰马以往，士卒不及从，惟四骑追之，遂与贼遇，手杀三人。凡二十三人者，一日皆获。二十八日，复命京师。

枢密吏谓曰："与我银，为君致阁职㉙。"怿曰："用赂得官，非我欲，况贫无银；有，固不可也。"吏怒，匿其阀㉚，以免短使送三班㉛。三班用例，与兵马监押㉜。未行，会交趾獠叛㉝，杀海上巡检，昭、化诸州皆警㉞，往者数辈不能定。因命悍往，尽手杀之。还，乃授阁门祗候。悍曰："是行也，非独吾功，位有居吾上者，吾乃其佐也，今彼留而我还，我赏厚而彼轻，得不疑我盖其功而自伐乎㉟？受之徒惭吾心。"将让其赏归己上者，以奏稿示予。予谓曰："让之，必不听，徒以好名与诈取讥也。"悍叹曰："亦思之，然士顾其心何如尔，当自信其心以行，讥何累也？若欲避名，则善皆不可为也已。"余惭其言。卒让之，不听。悍虽举进士，而不甚知书，然其所为，皆合道理，多此类。

始居雍丘，遭大水，有粟二廪㊱，将以舟载之，见民走避溺者，遂弃其粟，以舟载之。见民荒岁，聚其里人饲之，粟尽乃止。悍善剑及铁简㊲，力过数人，而有谋略。遇人常畏，若不自足。其为人不甚长大，亦自修为威仪，言语如不出其口㊳，卒㊴然遇人，不知其健且勇也。

庐陵欧阳修曰：勇力人所有，而能知用其勇者，少矣。若悍可谓义勇之士，其学问不深而能者，盖天性也。余固喜传人事，尤爱司马迁善传㊵，而其所书皆伟烈奇节，士喜读之，欲学其作，而怪今人如迁所书者何少也！乃疑迁特雄文，善壮其说，而古人未必然也？及得桑悍事，乃知古之人有然焉，迁书不诬也㊶，知今人固有而但不尽知也。悍所为壮矣，而不知予文能如迁书，使人读而喜否？姑次第之。

----

①怿后为泾原路兵马都监，屯镇戎军，与任福遇西夏兵于好水川，力战死，详《尹师鲁墓志铭》注。　　②雍丘：今河南杞县，宋属京畿路开封府。　　③汝：今河南临汝，宋属京西北路。④汝州有龙兴县，唐置，县有鬐龙城，当即其地，宋后改名宝丰，今河南宝丰。百亩曰顷。　　⑤白：禀告。　　⑥宋初循旧制，县置耆长、弓手、壮丁以逐捕盗贼，各以乡户等第差充。　　⑦赢：裸体。　　⑧箧：竹箱。　　⑨仆（pū）：向前跌倒。　　⑩伏法：有罪就刑。　　⑪之：往也。郏城：今河南郏县，宋属汝州。⑫阳：与"佯"同，假装。　　⑬相抱而杀之曰"格"，见《汉书》注。　　⑭襄城：今河南襄城，宋属汝州。　　⑮转运使：官名，掌一路财赋之登记，并岁行所部，检察储积，稽考账簿，及专举刺官吏之事。　　⑯渑池：今河南渑池，宋属京西北路河南府。⑰崤：山名，在河南洛宁北，西北接陕县，东接渑池，有东西二崤，均极峻险。　　⑱巡检：官名，宋时沿边溪峒沿江沿海均置之，掌训治甲兵，巡逻州邑，擒捕盗贼，所在听州县守令节制。⑲授名：谓朝廷疏王伯姓名，授巡检使捕之。　　⑳唐制旨自禁中出付中书者，曰"宣"。宣头：宣传诏旨之文书。　　㉑谍：伺敌之动静以报。　　㉒挺身：挺立其身，状其勇。　　㉓传（zhuàn）：传驿之车马也。　　㉔木垣曰栅，行军所居。　　㉕迹：循其迹。㉖媪：老妇。　　㉗钩：致也。谓钩得其情，使对者不疑，若不问而自知。　　㉘部分：部署。　　㉙宋制，阁门通事舍人与阁门祗候，并为阁职，为武臣之清选，比于文臣之馆职。　　㉚阀：功状。㉛宋武臣试弓马艺业出官法，其第一二等，有免短使，升半年或一

季名次之例。 ㉜兵马监押：官名，掌一路烟火公事，捉捕盗贼之事。 ㉝交趾：原为古地名，泛指五岭以南。辖境相当今广东、广西大部和越南的北部、中部。汉平南粤置郡，宋初丁部领父子据之，后为其下黎桓所纂，李公蕴又纂。黎氏，宋封为南平王，传子德政，景祐三年，其甲峒及谅州、门州、苏茂州、广源州，大发峒丹波县蛮，寇邕州之思陵州、西平州、石西州及诸峒而去，《宋史》作宜州蛮。獠：西南少数民族。 ㉞昭州：今广西平乐；化州：今广东化州市，宋属广东西路。 ㉟伐：自称其功。 ㊱廪：藏米之仓。 ㊲铁简：古兵器，无刃而有四棱，方棱似简，故名，后亦作"锏"。 ㊳谓口讷。《礼记》谓赵文子，其言若不出诸其口。 ㊴卒（cù）：急遽，仓促。 ㊵司马迁：字子长，汉人，生于龙门，父谈为太史，迁世其业，李陵降匈奴，迁极言其忠，坐下腐刑，乃绁金匮石室之书，上起黄帝，下止获麟之岁（汉武帝元狩元年），作《史记》一百三十卷，凡十二纪，十年表，八书，三十世家，七十列传。自古称为良史。 ㊶诬：妄，错。

书

上范司谏书①

  月日，具官谨斋沐拜书司谏学士执事②。前月中得进奏吏报③，云自陈州召至阙拜司谏④。即欲为一书以贺，多事匆卒⑤未能也。司谏，七品官尔⑥，于执事得之不为喜，而独区区欲一贺者，诚以谏官者，天下之得失，一时之公议系焉。

  今世之官，自九卿、百执事⑦，外至一郡县吏，非无贵官大职可以行其道也；然县越其封⑧，郡逾其境，虽贤守长不得行，以其有守也。吏部之官不得理兵部，鸿胪⑨之卿不得理光禄，以其有司也。若天下之得失、生民之利害、社稷之大计，惟所见闻，而不系职司者，独宰相可行之，谏官可言之尔。故士学古怀道者，仕于时，不得为宰相，必为谏官；谏官虽卑，与宰相等。天子曰不可，宰相曰可，天子曰然，宰相曰不然；坐乎庙堂之上⑩，与天子相可否者，宰相也。天子曰是，谏官曰非，天子曰必行，谏官曰必不可行；立殿陛⑪之前，与天子争是非者，谏官也。宰相尊，行其道；谏官卑，行其言；言行，道亦行也。

  九卿、百司、郡县之吏，守一职者，任一职之责；宰相、谏官，系天下之事，亦任天下之责。然宰相、九卿而下，失职者受责于有司；谏官之失职也，取讥于君子。有司之法，行乎一时；君子之讥，著之简册[12]而昭明，垂之百世而不泯，甚可惧也！

夫七品之官，任天下之责，惧百世之讥，岂不重邪？非材且贤者，不能为也。近执事始被召于陈州，洛[13]之士大夫相与语曰："我识范君，知其材也，其来，不为御史，必为谏官。"及命下，果然。则又相与语曰："我识范君，知其贤也，他日闻有立天子陛下，直辞正色，面争[14]庭论者，非他人，必范君也。"拜命以来，翘首企足[15]，仁乎有闻[16]，而卒未也。窃惑之，岂洛之士大夫，能料于前，而不能料于后也？将执事有待而为也？

昔韩退之作《争臣论》，以讥阳城[17]不能极谏，卒以谏显。人皆谓城之不谏，盖有待而然，退之不识其意而妄讥，修独以为不然。当退之作论时，城为谏议大夫已五年，后又二年，始庭论陆贽[18]，及沮裴延龄作相，欲裂其麻[19]，才两事尔。当德宗[20]时，可谓多事矣，授受失宜，叛将强臣，罗列天下[21]，又多猜忌，进任小人[22]。于此之时，岂无一事可言，而须七年耶？当时之事，岂无急于沮延龄、论陆贽两事也？谓宜朝拜官而夕奏疏也。幸而城为谏官七年，适遇延龄、陆贽事，一谏而罢，以塞其责。向使止五年六年，而遂迁司业[23]，是终无一言而去也，何所取哉？

今之居官者，率三岁而一迁，或一二岁，甚者半岁而迁也，此又非更可以待乎七年也。今天子躬亲庶政，化理清明，虽为无事，然自千里诏执事而拜是官者，岂不欲闻正议而乐说㉔言乎？然今未闻有所言说，使天下知朝廷有正士，而彰吾君之明也。夫布衣韦带之士㉕，穷居草茅，坐诵书史，常恨不见用。及用也，又曰彼非我职，不敢言；或曰我位犹卑，不得言；得言矣，又曰我有待，是终无一人言也。可不惜哉！

伏惟执事思天子所以见用之意，惧君子百世之讥，一陈昌言㉖，以塞重望，且解洛之士大夫之惑，则幸甚！幸甚！

----

①范司谏：范仲淹，仲淹通判河中府，徙陈州。明道二年，章献太后崩，召拜右司谏。唐宋以来，称备具官爵履历为具官。②斋沐：斋戒沐浴，敬词。执事：谓供使令之人，与人书不敢直称其人，而称执事，敬词。　　③进奏吏：进奏院之吏。　　④陈州：见《张子野墓志铭》"陈郡"注。阙：门观，亦曰象魏，为古时布法之所，为二台于门外，作楼观其上，中央阙以为道，故名。后为天子所居之统称。　　⑤匆卒（cōng cù）：匆忙。　　⑥魏晋以来，始有九品官人之法，宋时九品又分为正从，司谏为正七品。⑦宋沿旧制，以太常寺、宗正寺、光禄寺、卫尉寺、太仆寺、大理寺、鸿胪寺、司农寺、太府寺为九卿。　　⑧封：疆界。　　⑨鸿胪：本《周官》大行人之职，秦曰典客，汉改鸿胪，掌赞导相礼之事。鸿：声也，胪：传也，传声赞导，故名。　　⑩庙堂：朝廷。⑪陛：天子之阶。　　⑫简册：竹简。古时无纸，书之于竹简上。⑬洛：洛阳。　　⑭争：与"诤"同，谏止。　　⑮翘：举也。

企：与"跂"通，抬脚后腿而望。　　⑯佇：久立而待。　　⑰阳城：字亢宗，定州北平人，后徙夏县，隐居中条山。唐德宗贞元四年，征为谏议大夫，后以论陆贽、裴延龄事，改国子司业，又以事贬道州刺史。　　⑱陆贽：字敬舆，嘉兴人。德宗时，为翰林学士，从幸奉天，诏书多出其手，诵者虽武夫悍卒，皆感泣思奋。累迁中书侍郎，同平章事，为裴延龄所谮，贬忠州别驾，卒谥宣，著有《奏议》《翰苑文集》。　　⑲麻：麻纸。唐中书用黄白二麻为纶命，后翰林专掌白麻，时延龄以司农少卿判度支事，贽屡言其诞妄，上不悦，延龄因谮贽怨望，贽坐贬。城帅谏官王仲舒、熊执易、崔邠等，守延英门上疏论救，上大怒，欲罪之，太子为营救乃解。且相延龄，城曰："脱相延龄，当取白麻坏之，动哭于廷。"⑳德宗：名适，代宗子，在位二十六年卒，传子顺宗。　　㉑时藩镇专权，节度使程日华、张孝忠、刘元佐、李纳等卒，其子即自称留后，朝廷因以授之。　　㉒指以窦参同平章事事。　　㉓司业：官名，古为典乐之官，乐官兼教国子，故隋唐遂用其名，以贰国子监祭酒。　　㉔谠：直言。　　㉕韦：革之柔者。布衣韦带：贫贱者之服。　　㉖昌言：正当之言。《书》："禹拜昌言。"

与高司谏书①

修顿首再拜白司谏足下。某年十七时，家随州，见天圣二年进士及第牓②，始识足下姓名。是时予年少，未与人接；又居远方，但闻今宋舍人兄弟与叶道卿、郑天休数人者③，以文学大有名，号称得人。而足下厕④其间，独无卓卓可道说者，予固疑足下不知何如人也？

其后更十一年，予再至京师，足下已为御史里行，然犹未暇一识足下之面，但时时于予友尹师鲁问足下之贤否，而师鲁说足下正直有学问，君子人也。予犹疑之。夫正直者，不可屈曲；有学问者，必能辨是非。以不可屈之节，有能辨是非之明，又为言事之官，而俯仰默默，无异众人，是果贤者耶？此不得使予之不疑也。

自足下为谏官来，始得相识，侃然⑤正色，论前世事，历历⑥可听，褒贬是非，无一谬说。噫！持此辩以示人，孰不爱之？虽予亦疑足下真君子也。是予闻足下之名及相识，凡十有四年，而三疑之；今者推其实迹而较之，然后决知足下非君子也。

前日范希文贬官后，与足下相见于安道家⑦，足下诋诮希文为人⑧。予始闻之，疑是戏言；及见师鲁，亦说足下深非希文所为，然后其疑遂决。希文平生刚正，好学通古今，其立朝有本末⑨，天下所共知，今又以言事触宰相得罪。足下既不能为辨其非辜⑩，又畏有识者之责己，遂随而诋之，以为当黜⑪，是可怪也！

夫人之性，刚果懦软，禀⑫之于天，不可勉强，虽圣人亦不以不能，责人之必能。今足下家有老母，身惜官位，惧饥寒而顾利禄，不敢一忤宰相以近刑祸，此乃庸人之常情，不过作一不才谏官尔。虽朝廷君子，亦将闵⑬足下之不能，而不责以必能也。今乃不然，反昂然自得，了⑭无愧畏，便毁其贤以为当黜，庶乎饰己不言之过。夫力所不敢为，乃愚者之不逮；以智文⑮其过，此君子之贼也。

且希文果不贤邪？自三四年来，从大理寺丞至前行⑯员外郎，作待制日，日备顾问，今班行中无与比者⑰。是天子骤用不贤之人？夫使天子待不贤以为贤，是聪明有所未尽？足下身为司谏，乃耳目之官，当其骤用时，何不一为天子辨其不贤？反默默无一语，待其自败，然后随而非之。若果贤邪？则今日天子与宰相，以忤意逐贤人，足下不得不言。是则足下以希文为贤，亦不免责，以为不贤亦不免责，大抵⑱罪在默默尔。

昔汉杀萧望之与王章⑲，计其当时之议，必不肯明言杀贤者也，必以石显、王凤为忠臣⑳，望之与章为不贤，而被罪也。今足下视石显、王凤果忠邪？望之与章果不贤邪？当时亦有谏臣，必不肯自言畏祸而不谏，亦必曰当诛而不足谏也。今足下视之，果当诛耶？是直可欺当世之人，而不可欺后世也。

今足下又欲欺今人，而不惧后世之不可欺邪？况今之人未可欺也。

伏以今皇帝即位已来，进用谏臣，容纳言论，如曹修古、刘越[21]，虽殁犹被褒称。今希文与孔道辅，皆自谏诤擢用。足下幸生此时，遇纳谏之圣主如此，犹不敢一言，何也？前日又闻御史台牓朝堂，戒百官不得越职言事，是可言者，惟谏臣尔。若足下又遂不言，是天下无得言者也。足下在其位而不言，便当去之，无妨他人之堪其任者也。

昨日安道贬官，师鲁待罪，足下犹能以面目见士大夫，出入朝中称谏官，是足下不复知人间有羞耻事尔！所可惜者，圣朝有事，谏官不言，而使他人言之，书在史册，他日为朝廷羞者，足下也。

《春秋》之法，责贤者备[22]。今某区区，犹望足下之能一言者，不忍便绝足下，而不以贤者责也。若犹以谓希文不贤而当逐，则予今所言如此，乃是朋邪之人尔。愿足下直携此书于朝，使正予罪而诛之，使天下皆释然知希文之当逐，亦谏臣之一效也。

前日足下在安道家，召予往论希文之事，时坐有他客，不能尽所怀，故辄布区区，伏惟幸察。不宣。修再拜。

----

①高司谏：名若讷，字敏之，并州榆次人。徙卫州。仁宗时，官右司谏，后以工部侍郎参知政事，为枢密使，卒谥文庄。
②牓：与"榜"通。天圣二年进士榜，宋庠一，叶清臣二，郑戬

三，高若讷四，曾公亮五，宋祁十。　　③宋舍人兄弟：庠、祁。庠：见《张子野墓志铭》注，初同修起居，故称舍人；祁：字子京，举进士，礼部奏第一，庠第三，太后谓不可以弟先兄，擢庠第一，真祁第十，官翰林学士，史馆修撰。修《唐书》成，进工部尚书，卒谥景文。叶道卿：名清臣，苏州长州人。累官翰林学士，权三司使，出知河阳卒。郑天休：名戬，苏州吴县人，累官枢密副使，陕西四路都总管兼经略安抚招讨使，拜奉国军节度使，卒谥文肃。　　④厕：置身。　　⑤侃然：刚直貌。　　⑥历历：分明。⑦安道：余靖字，韶州曲江人。官集贤校理，坐论救仲淹，贬监筠州酒税，后官至工部尚书，卒谥襄。　　⑧诋：侮蔑。　　⑨言临事知本末重轻。　　⑩辜：罪。　　⑪黜：贬斥。　　⑫禀：受。⑬闵：与"悯"同。　　⑭了：终。　　⑮文：掩饰。《论语》："小人之过也必文。"　　⑯行：历官。　　⑰班行：班次行列。⑱大抵：大多。　　⑲萧望之：字长倩，汉东海兰陵人。徙杜陵，官太子太傅，前将军。元帝初，受宣帝遗诏辅政，领尚书事，为宦者弘恭、石显所谮，下狱，饮鸩自杀。王章：字仲卿，泰山钜平人。成帝时，为京兆尹，因日食上封事言王凤三大罪，凤使尚书劾章下狱，杀之。　　⑳石显：济南人，初为仆射，元帝即位，委以政事，官中书令。成帝立，以罪免归道死。王凤：成帝之舅，官大司马大将军领尚书事，阳朔三年卒。　　㉑曹修古：字述之，建州建安人。累官殿中侍御史，刑部员外郎，以论太后兄子刘从德事，贬知兴化军卒。太后崩，仁宗思其忠，特赠右谏议大夫，赐其家钱二十万。刘越：《宋史》作刘随，字仲豫，开封考城人。累官右司谏，以言事忤太后改外，复官至天章待制。临事明决，人号为水晶灯笼。卒，帝怜其家贫，赐钱六十万。　㉒《唐书》："春秋之法，常责备于贤者。"谓求其全备。

与尹师鲁书

　　某顿首师鲁十二兄书记①。前在京师相别时，约使人如河上；既受命，便遣白头奴②出城，而还言不见舟矣。其夕，及得师鲁手简，乃知留船以待，怪不如约。方悟此奴懒去而见绐③。

　　临行，台吏催苛百端，不比催师鲁人长者有礼，使人惶迫不知所为。是以又不留下书在京师，但深托君贶④因书道修意以西。始谋陆赴夷陵，以大暑，又无马，乃作此行。沿汴⑤，绝⑥淮，泛大江，凡五千里，用一百一十程⑦，才至荆南。在路无附书处，不知君贶曾作书道修意否？及来此，问荆人，云去郢止两程。方喜得书以奉问。又见家兄⑧，言有人见师鲁过襄州⑨，计今在郢久矣。师鲁欢戚⑩。不问可知，所渴欲问者⑪：别后安否？及家人处之如何？莫苦相尤否⑫？六郎⑬旧疾平否？

　　修行虽久，然江湖皆昔所游，往往有亲旧留连，又不遇恶风水，老母用术者言，果以此行为幸。又闻夷陵多米、面、鱼，如京洛，又有梨、栗、橘、柚、大笋、茶、荈⑭，皆可饮食，益相喜贺。昨日因参转运，作庭趋⑮，始觉身是县令矣，其余皆如昔时。

　　师鲁简中言，疑修有自疑之意者，非他，盖惧责人太深以取直尔。今而思之，自决不复疑也。然师鲁又云阔于朋友⑯，此似未知修心。当与高书时，盖已知其非君子，发于极愤而切责之，非以朋友待之也。其所为何足惊骇？路中来，颇有人以罪出不测见吊者，此皆不知修心也。师鲁又云非忘亲，此又非也。得罪虽死，不为忘亲，此事须相见，可尽其说也。

五六十年来，天生此辈，沉默畏慎，布在世间，相师成风。忽见吾辈作此事，下至灶间老婢，亦相惊怪，交口议之。不知此事古人日日有也，但问所言当否而已。又有深相赏叹者，此亦是不惯见事人也。可嗟世人不见如往时事久矣！往时砧斧鼎镬⑰，皆是烹斩人之物，然士有死不失义，则趋而就之，与几席枕藉之无异。有义君子在旁，见其就死，知其当然，亦不甚叹赏也。史册之所以书之者，盖特欲警后世愚懦者，使知事有当然而不得避尔，非以为奇事而诧⑱人也。幸今世用刑至仁慈，无此物，使有，而一人就之，不知作何等怪骇也。然吾辈亦自当绝口，不可及前事也。居闲僻处，日知进道而已，此事不须言。然师鲁以修有自疑之言，要知修处之如何，故略道也。

安道与予在楚州⑲，谈祸福事甚详，安道亦以为然。俟到夷陵写去，然后得知修所以处之之心也。又常与安道言，每见前世有名人，当论事时，感激不避诛死，真若知义者；及到贬所，则戚戚怨嗟⑳，有不堪之穷愁，形于文字，其心欢戚，无异庸人，虽韩文公不免此累㉑。用此戒安道，慎勿作戚戚之文。师鲁察修此语，则处之之心，又可知矣。

近世人因言事亦有被贬者，然亦傲逸狂醉，自言我为大不为小^㉒。故师鲁相别，自言益慎职，无饮酒，修今亦遵此语。咽喉自出京愈矣，至今不曾饮酒，到县后，勤官，以惩洛中时懒慢矣。

夷陵有一路，只数日可至郢，白头奴足以往来。秋寒矣，千万保重。不宣^㉓。修顿首。

----

①书记：谓掌书牍奏记之人，不斥其人而称书记，敬词。
②白头奴：老奴。　　③绐：欺诳。　　④君贶：王拱辰字，开封咸平人，仁宗时，累官御史中丞，至吏部尚书；神宗时，官武安军节度使；哲宗立，徙彰德，卒，谥懿恪。　　⑤汴：河名，故道由今河南开封北境，至商丘，东南流经安徽入淮。久淤废，惟泗县尚有汴水断渠存。　　⑥绝：横流而渡。　　⑦程：犹言站。　　⑧家兄：修兄，名晟。　　⑨襄州：即襄阳府，见《岘山亭记》注。　　⑩戚：忧愁。　　⑪渴：急。　　⑫尤：怨也。　　⑬六郎：当系师鲁之子。　　⑭荈（chuǎn）：晚茶。　　⑮庭趋：亦曰庭参，属吏初谒长官，北面跪拜，长官坐受之仪。　　⑯闇：与"暗"通。　　⑰砧：木质以受斫者；砧斧：戮人之具。镬：鼎大而无足者；鼎镬：烹人之具。　　⑱诧：惊讶。　　⑲楚州：今江苏淮安，宋属淮南东路。　　⑳戚戚：心忧貌。　　㉑韩文公：韩愈，指贬阳山令及潮州刺史时诗文而言。　　㉒言以大事自负而不拘小节。　　㉓不宣：言犹不尽。汉初诸侯王上疏，末云："大王功德，著于后世，不宣，昧死再拜。"宋人书问，尊与卑曰不具，卑上尊曰不备，朋友交驰曰不宣，见《东轩笔录》。

祭 文

祭苏子美文

维年月日，具官欧阳修，谨以清酌庶羞之奠，致祭于亡友湖州长史苏君子美之灵曰：哀哀子美！命止斯邪？小人之幸①，君子之嗟。

子之心胸，蟠②屈龙蛇，风云变化，雨雹交加，忽然挥斧，霹雳轰车③。人有遭之，心惊胆落，震仆如麻。须臾霁止，而回顾百里，山川草木，开发萌芽。子于文章，雄豪放肆，有如此者，吁可怪耶！

嗟乎世人，知此而已！贪悦其外，不窥其内。欲知子心，穷达之际。金石虽坚，尚可破坏；子于穷达，始终仁义。惟人不知，乃穷至此，蕴而不见，遂以没地。独留文章，照耀后世。

嗟世之愚，掩抑毁伤，譬如磨鉴④，不灭愈光。一世之短，万世之长，其间得失，不待较量。哀哀子美，来举予觞！尚飨！

----

①谓御史中丞王拱辰，劾斥子美，喜曰："吾一网尽之矣。"详《墓志铭》。　②蟠：屈曲。　③霹雳：雷之疾击者。轰：群车声。　④鉴：镜。

祭资政范公文

月日，庐陵欧阳修，谨以清酌庶羞之奠，致祭于故资政殿学士、尚书户部侍郎范文正公之灵曰：呜呼公乎！学古居今，持方入圆①，丘、轲之艰②，其道则然。

公曰彼恶，公为好讦③；公曰彼善，公为树朋。公所勇为，公则躁进；公有退让，公为近名④。谗人之言，其何可听？

先事而斥，群讥众排；有事而思，虽仇谓材⑤。毁不吾伤，誉不吾喜，进退有仪，夷行险止。

呜呼公乎！举世之善，谁非公徒？谗人岂多？公志不舒。善不胜恶，岂其然乎？成难毁易，理又然欤？

呜呼公乎！欲坏其栋⑥，先摧桷榱⑦；倾巢破㲉⑧，披折旁枝。害一损百，人谁不罹？谁为党论，是不仁哉！

呜呼公乎！易名⑨谥行，君子之荣。生也何毁？没也何称？好死恶生，殆非人情。岂其生有所嫉，而死无所争？自公云亡，谤不待辨，愈久愈明，由今可见。始屈终伸，公其无恨！写怀平生，寓此薄奠。

----

①谓枘凿不可入。　②丘、轲：孔子、孟子之名。　③讦：

揭发人隐私。　　④近名：谓有邀誉之心，《唐书·潘好礼传》："居室服用粗苟至终身，世谓近名。"　　⑤谓仲淹复旧职，吕夷简言于仁宗曰："仲淹长者，朝廷方将用之，岂可但复旧职？"⑥栋：屋之正梁。　　⑦榱：屋椽，自高而下，层次排列，如有等次，故名。　　⑧觳（kòu）：雏之须母哺食者。　　⑨死而谥曰易名，谓易其名而称其谥。《礼记》："日月有时，将葬矣，请所以易其名者。"

祭梅圣俞文

　　维嘉祐五年，岁次庚子，七月丁亥朔，九日乙未，具官欧阳修谨率具官吕某、刘某，以清酌庶羞之奠，致祭于亡友圣俞之灵而言曰：昔始见子，伊川①之上。余仕方初，子年亦壮。读书饮酒，握手相欢，谈辩锋出②，贤豪满前。谓言仕宦，所至皆然，但当行乐，何有忧患。

　　子去河南，余贬山峡③，三十年间，乖④离会合。晚被选擢，滥官朝廷，荐子学舍⑤，吟哦六经。余才过分，可愧非荣；子虽穷厄，日有声名。

　　余狷⑥而刚，中遭多难，气血先耗，发须早变。子心宽易，在险如夷，年实加⑦我，其颜不衰。谓子仁人，自宜多寿⑧；余譬膏火，煎熬岂久⑨？事今反此，理固难知，况于富贵，又可必期？

　　念昔河南，同时一辈，零落之余，惟予子在。子又去我，余存无几。凡今之游，皆莫余先。纪行琢辞，子宜余责；送终恤孤，则有众力。惟声与泪，独出余臆⑩。尚飨！

----

①伊川：即伊河，在今河南栾川、嵩县、伊川等县境。洛水支流。时修与圣俞，并在西京留守钱惟演幕府。　　②言如锋刃之

出，锐不可当，所谓谈锋甚利。　　③谓贬为夷陵令。　　④乖：背离。　　⑤修在翰苑，状举圣俞充国子监直讲。　　⑥狷：介也，直也。《孟子》："狷者有所不为也。"　　⑦加：超过。《礼》："献子加于人一等矣。"　　⑧《论语》："仁者寿。"⑨余譬膏火，煎熬岂久："膏以明自煎。"汉彭城老父哭龚胜语。语本此。　　⑩臆：当胸之处。

祭石曼卿文

　　维治平四年七月日①，具官欧阳修，谨遣尚书都省令史李扬②，至于太清，以清酌庶羞之奠，致祭于亡友曼卿之墓下，而吊之以文曰：呜呼曼卿！生而为英，死而为灵！其同乎万物生死，而复归于无物者，暂聚之形；不与万物共尽，而卓然其不朽者，后世之名。此自古圣贤，莫不皆然；而著在简册者，昭如日星。

　　呜呼曼卿！吾不见子久矣，犹能髣髴子之平生③。其轩昂磊落④，突兀峥嵘⑤，而埋藏于地下者，意其不化为朽壤，而为金玉之精。不然，生长松之千尺，产灵芝而九茎⑥。奈何荒烟野蔓，荆棘纵横，风凄露下，走磷⑦飞萤。但见牧童樵叟，歌吟而上下；与夫惊禽骇兽，悲鸣踯躅而咿嘤⑧。今固如此，更千秋而万岁兮。安知其不穴藏狐貉与鼯鼪⑨？此自古圣贤亦皆然兮，独不见夫累累乎旷野与荒城⑩！

　　呜呼曼卿！盛衰之理，吾固知其如此，而感念畴昔，悲凉凄怆，不觉临风而陨⑪涕者，有愧乎太上之忘情⑫！尚飨！

----

　　①治平：宋英宗年号。　　②唐尚书令之署曰都省，亦曰都堂，宋因之。令史：官名，主文书，汉时以助郎职，历代因之，自

隋以后，渐为卑冗，不参官品，唐宋诸司，皆有令史。　　③髣髴：与"仿佛"同，见不真切而疑似。　　④轩昂：高举貌。磊落：坦白光明。　　⑤突兀：高貌。峥嵘：高峻。　　⑥灵芝：古以为瑞草。《抱朴子》："朱草芝九曲。"故云九茎。　　⑦磷：野火，俗谓之鬼火。《淮南子》注："精在地暴露百日则为磷，遥望炯炯若燃火也。"　　⑧踯躅：行而不进貌。咿嘤：鸣声。⑨貉：似狸，毛质深厚温滑，可为裘。　　⑩城：坟墓。　　⑪陨：坠落。　　⑫晋王衍丧子，山简吊之，衍悲不自胜，简曰："孩抱中物，何至于此？"衍曰："圣人忘情，最下不及于情，情之所钟，正在我辈。"太上：犹言最上。

杂题跋

读李翱文

予始读翱《复性书》三篇①，曰此《中庸》之义疏尔②。智者诚其性，当读《中庸》；愚者虽读此，不晓也，不作可焉。

又读《与韩侍郎荐贤书》③，以谓翱特穷时愤世无荐己者，故丁宁④如此，使其得志，亦未必然，以韩为"秦汉间好侠行义之一豪俊"⑤，亦善论人者也。

最后读《幽怀赋》，然后置书而叹，叹已复读，不自休。恨翱不生于今，不得与之交；又恨予不得生翱时，与翱上下其论也。

凡昔翱一时人，有道而能文者，莫若韩愈。愈尝有赋矣，不过羡二鸟之光荣，叹一饱之无时尔⑥。此其心使光荣而饱，则不复云矣。若翱独不然，其赋曰："众嚣嚣⑦而杂处兮，咸叹老而嗟卑；视予心之不然兮，虑行道之犹非⑧。"又怪神尧以一旅取天下⑨，后世子孙不能以天下取河北以为忧⑩。呜呼！使当时君子，皆易其叹老嗟卑之心，为翱所忧之心，则唐之天下，岂有乱与亡哉？

然翱幸不生今时，见今之事，则其忧又甚矣⑪。奈何今之人不忧也？余行天下见人多矣，脱有一人能如翱忧者⑫，又皆贱远，与翱无异。其余光荣而饱者，一闻忧世之言，不以为狂人，则以为病痴子，不怒则笑之矣。呜呼！在位而不肯自忧，又禁他人使皆不得忧，可叹也夫！景祐三年十月十七日，欧阳修书。

----

①《复性书》三篇，略言：人之所以为圣人者"性"也，所以惑其性者"情"也，人生不过百年，当抑制其情，不虑不思，以复其道德之性。　②《中庸》：《礼记》篇名，孔子孙子思所作。中，不偏。庸，不易。宋时与《论语》《大学》《孟子》合而为《四书》，朱熹作《章句》。疏，解经义之书，谓之"义疏"。③韩侍郎：韩愈。翱书言：某大官知陆涏之贤而不能用事。　④丁宁：再三告诉。　⑤翱谓：愈所引拔，必须甚有文词，兼能附己，顺我之欲者，此秦汉间尚侠行义之一豪俊也。　⑥愈以前进士，三上宰相书，不报，东归。见有进白乌、白鹮鸽者，作《感二鸟赋》，有"感二鸟之无知，方蒙恩而入幸"及"辱饱食其有数，况策名于荐书"等语。　⑦嚣嚣：众多喧哗之状。　⑧谓纵得行道，犹恐无补于国。　⑨唐高祖庙号神尧大圣大光孝皇帝。《左传》谓夏少康有众一旅，旅五百人，高祖初以太原留守起兵，平天下。　⑩唐玄宗时，安禄山反于范阳，嗣是藩镇跋扈，穆宗时卢龙、魏博等军相继作乱，举兵讨之，讫无功。翱赋所谓"自禄山之始兵兮，岁周甲而未夷；何神尧之郡县兮，乃家传而自持"，又"当高祖之初起兮，提一旅之羸师……"是也。　⑪谓契丹、西夏数为边患也。